suhrkamp taschenbuch 2151

In den phantastischen Erzählungen Rubiãos verwandelt sich der scheinbar harmlose Alltag immer wieder in einen bedrohlichen Alptraum: Seltsame Fabeltiere mischen sich unter das Volk, brave Durchschnittsmenschen verfügen über die Fähigkeit, sich in die seltsamsten Lebewesen zu verwandeln. Die Beziehungen der Menschen untereinander sind von Haß, Begehrlichkeit und Vernichtungswünschen bestimmt. Biedere Hausfrauen entpuppen sich als Monstren, wie jene immer größer und fetter werdende Barbara, die ihren Mann mit ihren gigantischen Wünschen – zuletzt ein ausgewachsener Ozeandampfer, der mit dem Zug in die Stadt verfrachtet wird – zur Verzweiflung bringt.
Die Wirklichkeit ist unkontrollierbar und geheimnisvollen Mächten unterworfen, mögen es undurchsichtige politische Mächte oder magische Naturkräfte sein. Das Klima der Gewalt, übermächtiger Angst oder nackter physischer Brutalität, ein Leitmotiv der lateinamerikanischen Literatur, herrscht auch in diesen Erzählungen, die literarisch in der Tradition von E. T. A. Hoffmann, Edgar Allan Poe und Henry James stehen.
Murilo Rubião ist 1916 in Carmo de Minas/Minas Gerais geboren. Schon während seines Jura-Studiums arbeitete er als Zeitungs- und Rundfunkjournalist. Später bekleidete er öffentliche Ämter in der Landesregierung und war unter anderem einige Jahre im diplomatischen Dienst in Spanien tätig.

Murilo Rubião
Der Feuerwerker Zacharias

Erzählungen

Aus dem brasilianischen Portugiesisch
und mit einem Nachwort von
Ray-Güde Mertin

Phantastische Bibliothek
Band 292

Suhrkamp

Titel der 1965 bei Editora Movimento/Perspectiva, Belo Horizonte
erschienenen Originalausgabe: *Os Dragões e outros Contos*
Umschlag: The Telegraph/Bavaria

suhrkamp taschenbuch 2151
Erste Auflage 1993

Druck: Nomos Verlagsgesellschaft, Baden-Baden
Printed in Germany
Umschlag nach Entwürfen von
Willy Fleckhaus und Rolf Staudt

1 2 3 4 5 6 – 98 97 96 95 94 93

Der Feuerwerker Zacharias

Der Feuerwerker Zacharias

> Und die Zeit deines Lebens würde aufgehen wie der Mittag, und das Finstere würde ein lichter Morgen werden.
>
> *Hiob XI,17*

Es kommt selten vor, daß in den Gesprächen meiner Freunde oder Bekannten nicht diese eine Frage auftaucht: ob wohl der Feuerwerker Zacharias gestorben ist?
Hierüber gehen die Ansichten auseinander. Einige glauben, ich sei am Leben – der Tote habe lediglich eine gewisse Ähnlichkeit mit mir gehabt. Andere, die abergläubischer sind, meinen, mein Tod sei den vollendeten Tatsachen zuzurechnen, und das Wesen, das sie immer noch Zacharias nennen, sei nicht mehr als eine irrende Seele, umgeben von einer schäbigen menschlichen Hülle. Dann gibt es noch die, die kategorisch meinen Tod bestätigen und den Bürger, der als Zacharias, der Feuerwerkskünstler, existiert, nicht akzeptieren, sondern für jemand halten, der dem Verstorbenen sehr ähnlich sieht.

Eines aber erörtert niemand: wenn Zacharias gestorben ist, dann ist seine Leiche nicht begraben worden.
Der einzige, der darüber genaue Auskünfte geben könnte, bin ich. Ich werde jedoch daran gehindert, das zu tun, weil meine Begleiter vor mir fliehen, sobald sie mir begegnen. Wenn ich sie überrasche, erstarren sie und können kein Wort herausbringen.
In Wahrheit bin ich gestorben, was der Version derer

entgegenkäme, die an meinen Tod glauben. Andererseits bin ich auch wieder nicht tot, denn ich tue alles, was ich vorher getan habe, und das, muß ich sagen, mit größerem Vergnügen als früher.

Am Anfang war es Blau, dann Grün, Gelb und Schwarz. Ein dichtes Schwarz, voller roter Streifen, von einem kompakten Rot, ähnlich dicken Bändern aus Blut. Klebriges Blut mit gelben Punkten, von einem grünlichen Gelb, zart, fast farblos.
Als alles weiß zu werden begann, kam ein Auto und tötete mich.

»Simplício Santana de Alvarenga!«
»Hier!«
Ich fühlte, wie sich mir der Kopf drehte, wie der Körper schwankte, als ob ich den Boden unter den Füßen verlieren würde. Darauf wurde ich von einer mächtigen, unwiderstehlichen Kraft weggezogen. Ich versuchte, mich an den Bäumen festzuhalten, deren nach oben gekrümmte Zweige meinen Fingern entglitten. Weiter vorn griff ich nach einem Feuerrad, das sich mit großer Geschwindigkeit zwischen meinen Händen zu drehen begann, ohne sie jedoch zu verbrennen.
»Meine Herren: im Kampf siegt der Stärkere, und dies ist der Augenblick höchster Entscheidungen. Wer die Zeit überleben möchte, nehme bitte den Hut ab.«
(Neben mir tanzten Feuerkörper, die bald darauf von einem Regenbogen verschlungen wurden.)
»Simplício Santana de Alvarenga!«
»Nicht da?«
»Nimm die Hand aus dem Mund, Zacharias!«
»Wie viele Kontinente gibt es?«

»Und Ozeanien?«
Von den Meeren Chinas werden keine Spielsachen mehr kommen.
Die magere, dürre Lehrerin mit den gläsernen Augen hielt in der rechten Hand ein Dutzend Feuerkörper. Deren Stöckchen waren lang, so lang, daß Dona Josefina die Füße etwa zwei Meter über dem Fußboden halten und mit dem Kopf, der mit Schnüren bedeckt war, fast an die Decke stoßen mußte.
»Simplício Santana de Alvarenga!«
»Kinder, liebt immer die Wahrheit!«

Die Nacht war dunkel. Besser gesagt, schwarz. Hauchdünne weiße Fäden würden bald den Himmel bedecken.
Ich ging die Straße entlang. Eine Straße am Ende der Welt: einige Kurven, Schweigen, mehr Schatten als Schweigen.
Das Auto hupte nicht von weitem. Und nicht einmal, als es schon nahe war, sah ich die Scheinwerfer. Einfach deshalb nicht, weil in jener Nacht das Weiß nicht auf die Erde herabkommen würde.
Die Mädchen, die im Auto mitgekommen waren, stießen hysterische Schreie aus und fielen auch gleich in Ohnmacht. Die jungen Männer sprachen leise. Sie waren sofort ernüchtert von ihrem Rausch und begannen zu diskutieren, was man am besten mit der Leiche tun könnte.

Am Anfang war es Blau, dann Grün, dann Gelb und Schwarz. Ein dichtes Schwarz, voller roter Streifen, von einem kompakten Rot, das dicken Fäden aus Blut glich. Klebriges Blut, mit gelben Pigmenten, von einem grünlichen Gelb, fast farblos. Ohne Farbe hatte ich nie leben wollen. Leben, die Muskeln richtig ermüden beim Laufen durch Straßen voller Leute, entfernt von Menschen.

Es war still, mehr Schatten als Schweigen, weil die jungen Männer nicht mehr leise diskutierten. Sie sprachen ungezwungen, verwendeten Slangausdrücke.

Auch über der Umgebung lag die gleiche Ruhe, und die Leiche – meine blutige Leiche – protestierte nicht einmal gegen das Ende, das die jungen Leute ihr zugedacht hatten.

Dem ersten Vorschlag zufolge, der aber gleich verworfen wurde, sollte ich in die Stadt gebracht werden, wo man mich im Leichenschauhaus abliefern würde. Nach einer kurzen Diskussion setzte sich unter kühler Erwägung aller Argumente die Ansicht durch, meine Leiche könnte das Auto beschmutzen. Und es gab noch den hinderlichen Umstand, daß die Mädchen sich weigerten, neben einem Verstorbenen zu fahren. (In diesem Punkt hatten sie sich schlichtweg falsche Vorstellungen gemacht, wie ich später erklären werde.)

Einer der jungen Männer, ein kräftiger, bartloser Bursche – der einzige, der sich von dem Unfall hatte beeindrucken lassen und während der Ereignisse schweigsam und betrübt gewesen war – schlug vor, man solle die Mädchen auf der Straße zurücklassen und mich zum Friedhof bringen.

Seine Gefährten beachteten den Vorschlag gar nicht. Sie beschränkten sich darauf, den schlechten Geschmack von Jorginho – so nannten sie ihn – zu verurteilen und seine Dummheit zu tadeln, da er sich mehr für das Schicksal der Leiche interessiere als für die hübschen Kleinen, die in ihrer Begleitung waren.

Dem Burschen wurde der Unsinn, den er gerade von sich

gegeben hatte, sogleich klar. Ohne die Freunde anzublikken, fing er, sichtlich beschämt, zu pfeifen an.
Ich konnte mich einer unvermittelt für ihn aufkommenden Sympathie nicht erwehren, hatte er doch denen, die über mein Schicksal zu entscheiden hatten, zaghaft einen vernünftigen Vorschlag gemacht. Nun, lange Märsche ermüden Lebende wie Tote gleichermaßen. (Dieses Argument war mir in dem Augenblick nicht eingefallen.)
Darauf diskutierten sie andere Lösungen, und schließlich erwägten sie, mich in den Abgrund zu stürzen – einen tiefen Abgrund übrigens, neben der Straße –, den blutbefleckten Boden zu reinigen und das Auto sorgfältig zu waschen, wenn sie nach Hause kämen. Das wäre der dem Fall angemessenste Plan und der günstigste, falls es Probleme mit der Polizei geben sollte, die immer darauf aus ist, Geheimnisse dort zu finden, wo es keine gibt.

Aber das war eine der wenigen Lösungen, die mich nicht interessierten. In einem Loch liegenzubleiben, mitten zwischen Steinen und Gräsern, wurde mir zu einer unerträglichen Vorstellung. Und schließlich: meine Leiche könnte beim Hinunterrollen zwischen Pflanzen, Steinen und Geröll am Hang liegenbleiben. Wenn das geschähe, würde mein improvisiertes Grab nie entdeckt werden und mein Name käme nicht in die Schlagzeilen der Zeitungen.
Nein, das konnten sie mir nicht antun, und wenn es nur ein kleiner Nachruf in der wichtigsten Morgenzeitung der Stadt war. Ich mußte schnell und entschlossen handeln:
»Halt! Ich will auch gehört werden.«
Jorginho erblaßte, stieß einen dumpfen Schrei aus und fiel bewußtlos zu Boden, während seine Freunde, etwas

verwundert, daß eine Leiche sprechen konnte, sich anschickten, mir zuzuhören.

Ich hatte schon immer Vertrauen in meine Fähigkeit, in Diskussionen meine Gegner zu überzeugen. Ich weiß nicht, ob durch die Macht der Logik oder aufgrund einer natürlichen Begabung. Jedenfalls hatte ich zu Lebzeiten jedes Streitgespräch, das einer sicheren und unwiderlegbaren Argumentation bedurfte, gewonnen.
Der Tod hatte diese meine Fähigkeit nicht ausgelöscht. Und ihr trugen meine Henker Rechnung. Nach einer kurzen Debatte, in der ich meine Ansichten aufs klarste vortrug, waren die jungen Männer unschlüssig und konnten keine Lösung finden, die meiner Argumentation gerecht geworden wäre und gleichzeitig die Fortführung ihres Abendprogrammes zufriedenstellend gesichert hätte. Um die Situation noch mehr zu verwirren, wurde ihnen nun klar, wie unmöglich es sein würde, einen Verstorbenen zu expedieren, der keines der Attribute, die man gemeinhin den Lebenden zuschreibt, eingebüßt hatte.

Wenn einem von ihnen nicht etwas eingefallen wäre, was sofort Zustimmung fand, wären wir steckengeblieben. Er schlug vor, mich in die Gruppe aufzunehmen und gemeinsam das nächtliche Vergnügen, das durch meinen Tod unterbrochen worden war, fortzusetzen.
Es hielt uns jedoch noch ein anderes Hindernis zurück: es gab nur drei Mädchen, d. h. für jeden der Burschen eines. Es fehlte nur eines für mich, und ich wollte mich der Gruppe nicht anschließen, ohne eine Begleitung zu haben. Derselbe junge Mann, der geraten hatte, mich in die Gruppe aufzunehmen, fand die versöhnende Formel.

Er schlug vor, den ohnmächtigen Freund auf der Straße zurückzulassen. Um meine Erscheinung aufzubessern, schloß er, brauche man nur meine Kleidung gegen die von Jorginho zu tauschen, was ich auch sofort tat.
Nachdem sie etwas gezögert hatten, den Gefährten allein zu lassen, stimmten alle (Männer und Frauen, letztere hatten sich schon wieder von der anfänglichen Ohnmacht erholt) darin überein, daß er schwach und nicht in der Lage gewesen sei, der Situation mit Würde zu begegnen. Deshalb sei nicht einzusehen, warum man mit sentimentalen Überlegungen zu seiner Person Zeit verschwenden sollte.

Was dann geschah, erinnere ich nicht sehr klar. Trinken hatte mir vor meinem Tod nicht viel ausgemacht, jetzt aber hatte es eine überraschende Wirkung auf meinen verblichenen Körper. Durch meine Augen kamen Sterne und Lichter, deren Farben ich nicht kannte, absurde Dreiecke, Kegel und Kugeln aus Marmor, schwarze Rosen, Nelken in Form von Lilien, Lilien verwandelt in Hände. Und da war die Rothaarige, die mir zugedacht worden war. Sie umschlang meinen Hals mit ihrem Körper, der sich in einen langen metallischen Arm verwandelt hatte.
Als der Tag anbrach, tauchte ich aus der sanften Lethargie auf, in der ich mich befand. Jemand fragte mich, wo ich bleiben wollte. Ich erinnere mich, daß ich darauf bestand, auf dem Friedhof auszusteigen, worauf man mir antwortete, das sei unmöglich, denn um diese Zeit sei er geschlossen. Mehrere Male wiederholte ich das Wort Friedhof. (Wer weiß, vielleicht habe ich es gar nicht wiederholt, sondern nur meine Lippen bewegt in dem Versuch, die Wörter mit den entfernten Empfin-

dungen meines polychromen Deliriums in Beziehung zu setzen.)

Lange Zeit hielt die Diskrepanz zwischen der äußeren Welt und meinen Augen, die sich nicht an die vor mir ausgebreiteten Landschaften gewöhnen konnten, in mir an. Und da gab es noch die Angst, die ich seit jenem Morgen empfand, als ich feststellte, daß der Tod in meinen Körper eingedrungen war.
Wäre da nicht die Skepsis der Menschen gewesen, die sich weigerten, mich lebend oder tot zu akzeptieren, könnte ich sogar den Ehrgeiz verspüren, eine neue Existenz aufzubauen.
Hinzu kam, daß ich gegen die Torheit angehen mußte, die sich manchmal meines Handelns bemächtigte und mich zwang, in den Zeitungen begierig nach irgendeiner Nachricht zu suchen, die das Rätsel, das meinen Tod umgab, aufklärte.
Ich unternahm mehrere Versuche, mit den Gefährten jener schicksalhaften Nacht Kontakt aufzunehmen, aber das Ergebnis war entmutigend. Und sie waren meine letzte Hoffnung, um zu beweisen, wie real mein Tod war.

Im Laufe der Monate verlor mein Leiden an Intensität, und meine Frustration nahm ab angesichts der Schwierigkeit, die Freunde davon zu überzeugen, daß Zacharias, der durch die Straßen der Stadt geht, derselbe Feuerwerkskünstler von früher ist, mit dem einzigen Unterschied, daß der damalige lebendig war und dieser ein Toter ist.
Nur ein Gedanke bedrückt mich: welche Ereignisse sieht das Schicksal wohl für einen Toten vor, wenn schon die Lebenden ein Leben der Agonie führen? Und meine

Angst steigert sich erst recht bei dem Gefühl, daß meine Fähigkeit, zu lieben und das Wesentliche zu erkennen, viel größer ist als die jener Wesen, die aufgeschreckt an mir vorübergehen.
Morgen ist vielleicht ein klarer Tag, vielleicht scheint die Sonne wie nie zuvor. Dann werden die Menschen begreifen, daß ich, auch am Rande des Lebens, noch lebe; denn meine Existenz hat sich in Farben verwandelt, und das Weiß nähert sich schon der Erde, ausschließlich für die Zärtlichkeit meiner Augen bestimmt.

Teleco, das Häschen

Drei sind mir zu wunderbar, und das vierte verstehe ich nicht:
Des Adlers Weg am Himmel, der Schlange Weg auf einem Felsen, des Schiffes Weg mitten im Meer und eines Mannes Weg an einer Jungfrau.

Sprüche, XXX, 18 und 19

»He, du, gibst du mir eine Zigarette?«
Die Stimme war leise, fast murmelnd. Ich verharrte in meiner Haltung am Meer, wo ich nichtssagenden Erinnerungen nachhing.
Der unwillkommene Bittsteller gab nicht auf:
»He, du da. Du, gibst du mir eine Zigarette!«
Ohne die Augen vom Strand zu wenden, erwiderte ich mürrisch: »Hau ab, Bengel, sonst rufe ich die Polizei.«
»Ist ja gut, mein Lieber. Sei mir nicht böse. Und geh mir bitte aus dem Weg, ich sehe das Meer nämlich auch ganz gern.« Seine Unverschämtheit, mich so zu behandeln, regte mich auf. Ich drehte mich um, entschlossen, ihn mit einem Fußtritt wegzujagen. Ich mußte jedoch die Waffen strecken. Vor mir saß ein aschfarbenes Häschen, das mich zuvorkommend fragte:
»Du gibst mir keine, weil du keine hast, ist es nicht so?«
Seine höfliche Art, sich auszudrücken, rührte mich. Ich gab ihm die Zigarette und ging etwas zur Seite, damit es den Ozean besser sehen konnte. Es zeigte keinerlei Anzeichen von Dankbarkeit, nach einer Weile aber unterhielten wir uns schon wie alte Freunde. Oder, um genauer zu sein, nur das Häschen sprach. Es erzählte mir von außerordentlichen Ereignissen und grandiosen

Abenteuern, so daß ich annahm, es sei älter, als es wirklich aussah.

Am späten Nachmittag erkundigte ich mich, wo es wohnte. Es sagte, es habe keinen festen Wohnsitz. Normalerweise würde es auf der Straße übernachten. In diesem Augenblick erst fielen mir seine Augen auf. Sie blickten sanft und traurig. Ich fühlte Mitleid und lud es ein, bei mir zu wohnen. Das Haus sei groß, und ich wohnte allein, fügte ich hinzu.

Meine Erklärung überzeugte es nicht. Ich sollte ihm meine wahren Absichten gestehen:

»Ißt du vielleicht gern Hasen?«

Meine Antwort wartete es gar nicht erst ab:

»Wenn das so ist, kannst du dir einen anderen suchen, denn ich habe eine Schwäche: meine Verwandlungsfähigkeit.«

Während es das sagte, nahm es die Gestalt einer Giraffe an.

»Abends«, fuhr es fort, »werde ich eine Schlange oder eine Taube sein. Wird es dir nichts ausmachen, einen so unbeständigen Gefährten zu haben?«

Ich antwortete mit nein, und wir zogen zusammen.

Es hieß Teleco.

Nachdem wir einige Zeit zusammengelebt hatten, entdeckte ich, daß seine Manie, sich in andere Tiere zu verwandeln, einfach dem Wunsch entsprang, seinen Mitmenschen zu gefallen. Es machte ihm Freude, zu Kindern und alten Menschen nett zu sein. Es unterhielt sie mit Kunststücken oder half ihnen, wenn nötig. Dasselbe Pferd, das morgens mit einer Horde von Kindern davongaloppierte, brachte nachmittags in bedächtigem Trott Alte oder Invaliden nach Hause.

Einige Nachbarn mochte es nicht, z. B. den Wucherer und seine Schwestern, denen es als Tiger oder Löwe zu erscheinen pflegte. Es erschreckte sie mehr, um uns zu unterhalten, als aus Bosheit. Seine Opfer sahen das allerdings nicht so und beklagten sich bei der Polizei, die ihre Zeit damit verbrachte, sich die Denunziationen anzuhören. Bei uns im Haus fanden sie nie ein anderes Tier als den kleinen Hasen, auch wenn sie alles auf den Kopf stellten. Die Inspektoren ärgerten sich über die Denunzianten und drohten, sie festzunehmen.
Nur ein einziges Mal hatte ich Angst, daß die Streiche meines unruhigen Gefährten uns ernsthafte Komplikationen eintragen könnten. Der Polizeiwachtmeister stattete mir gerade wieder einen seiner üblichen Besuche ab, als Teleco sich unklugerweise aus schierer Boshaftigkeit in ein Wildschwein verwandelte. Die Verwandlung und die Rückverwandlung in seine vorherige Gestalt geschahen so schnell, daß der Mann nicht einmal Zeit fand, aufzuschreien. Kaum hatte er entsetzt den Mund aufgerissen, sah er schon wieder einen friedlichen Hasen vor sich.
»Haben Sie gesehen, was ich gesehen habe?«
Ich gab mir Mühe, mit unschuldiger Miene zu antworten, ich hätte nichts Außergewöhnliches bemerkt.
Der Mann sah mich mißtrauisch an, strich sich über seinen Bart und verließ das Haus, ohne sich zu verabschieden.

Auch mit mir stellte Teleco einiges an. Wenn ich das Haus leer vorfand, wußte ich schon, daß er sich in irgendeinem Winkel versteckt hatte und sich in Gestalt irgendeines kleinen Tieres verstellte. Oder er sprang sogar als Floh auf meinem Körper herum, entwischte meinen Fingern und lief meinen Rücken hinunter. Wenn ich schließlich

ungeduldig wurde und ihn bat, mit dem Scherz aufzuhören, versetzte er mir nicht selten einen gehörigen Schreck. Unter meinen Beinen wuchs plötzlich ein Ziegenbock, der mich im Galopp in den Hof transportierte. Ich wurde wütend und versprach ihm eine anständige Tracht Prügel. Teleco täuschte dann Reue vor, redete sehr zärtlich mit mir, und darauf vertrugen wir uns wieder.
Sonst war er ein sanftmütiger Freund, der uns mit unerwarteten Zauberkünsten entzückte. Er liebte Farben, und sehr oft erschien er in einen bunten Vogel verwandelt, der völlig unbekannt oder schon ausgestorben war.
»So einen Vogel gibt es ja gar nicht.«
»Weiß ich. Aber es wäre langweilig, wenn ich mich nur in Tiere verwandelte, die jeder kennt.«

Die erste schwerwiegende Auseinandersetzung, die ich mit Teleco hatte, fand ein Jahr nach unserem Zusammentreffen statt. Ich kam von einem Besuch bei meiner Schwägerin Emi zurück, mit der ich einen heftigen Streit über Familienangelegenheiten gehabt hatte. Ich kam schlecht gelaunt nach Hause, und der Anblick, der sich mir bot, als ich die Eingangstür öffnete, verstärkte meine Gereiztheit noch. Im Wohnzimmer auf der Couch saßen, Hände haltend, eine junge Frau und ein filziges Känguruh. Seine Kleidung war schlecht geschnitten, seine Augen verbargen sich hinter einer Brille aus billigem Metall.
»Was haben Sie denn mit diesem scheußlichen Tier vor?« fragte ich, verärgert, weil Fremde in mein Haus eingedrungen waren.
»Ich bin Teleco«, warf es ein und kicherte.
Verächtlich musterte ich jenes klägliche Tier mit dem schütteren Fell, an dem alles auf Unterwürfigkeit und

Unbeholfenheit hindeutete. Nichts an ihm erinnerte mich an das ausgelassene Häschen.
Ich weigerte mich einfach, seiner Behauptung zu glauben, denn Teleco hatte keine Probleme mit den Augen und außerdem, wenn er sich bekleiden wollte, könnte er wenigstens soviel Geschmack beweisen, sich bessere Kleidung zuzulegen.
Angesichts meiner Ungläubigkeit verwandelte er sich in einen Frosch. Er sprang über die Möbel und hopste auf meinen Hals. Angeekelt schleuderte ich ihn weit von mir. Er nahm wieder die Gestalt eines Känguruhs an und fragte mich bedeutungsvoll:
»Reicht dir dieser Beweis?«
»Ja. Na und? Was willst du denn?«
»Ab heute werde ich nur noch Mensch sein.«
»Mensch?« fragte ich verblüfft. Ich konnte mich der Komik der Situation nicht erwehren und brach in Lachen aus.
»Und das?« Ich zeigte auf die Frau. »Ist das eine Eidechse oder das Junge eines Salamanders?«
Wütend blickte sie mich an. Sie wollte antworten, aber er kam ihr zuvor: »Das ist Teresa. Sie wird bei uns wohnen. Ist sie nicht hübsch?«

Hübsch war sie, kein Zweifel. Nachts, als ich nicht schlafen konnte, kreisten meine Gedanken um sie, und ich dachte an die Unverschämtheit von Teleco, sich als Mensch auszugeben.
Ich erhob mich in der Frühe und ging ins Wohnzimmer. Ich hoffte, die Ereignisse des Vortages wären nicht mehr als einer der Scherze meines Gefährten.
Ich hatte mich geirrt. Neben der Frau auf dem Teppich schnarchte laut das Känguruh. Ich zog ihn an den Armen, um ihn aufzuwecken.

»Los, Teleco, genug des Unsinns . . .«
Er öffnete erschrocken die Augen, aber als er mich erkannte, lächelte er:
»Teleco? Ich heiße Barbosa, Antônio Barbosa, nicht wahr, Teresa?«
Sie war gerade aufgewacht und nickte zustimmend mit dem Kopf. In meiner Wut verlor ich die Beherrschung:
»Wenn du Barbosa bist, raus mit dir! Und setz mir keinen Fuß mehr über meine Schwelle, Sohn einer Ratte!«
Tränen liefen über sein Gesicht. Auf Knien bat er mich, meine Beine streichelnd, ich möge ihn nicht hinauswerfen, wenigstens nicht, bis er eine Arbeit gefunden habe.
Obwohl ich der Aussicht, ein Känguruh könnte angestellt werden, skeptisch gegenüberstand, brachte sein Weinen mich von meiner vorangegangenen Entscheidung ab; um die Wahrheit zu sagen, wurde ich überredet von dem flehenden Blick Teresas, die unserer Unterhaltung gefolgt war.

Barbosa hatte schreckliche Angewohnheiten. Er spuckte oft auf den Boden und nahm selten ein Bad, obwohl er höchst eitel war und Stunden vor dem Spiegel zubrachte. Er benutzte meinen Rasierapparat und meine Zahnbürste. Es half wenig, daß ich ihm seine eigenen Toilettenartikel kaufte, denn er benutzte weiterhin meine und seine. Wenn ich mich darüber beklagte, entschuldigte er sich mit dem Hinweis auf seine Zerstreutheit.
Außerdem stieß mich seine unbeholfene Gestalt ab. Er hatte fettige Haut, kurze Gliedmaßen und eine Krämerseele. Er unterließ keine Anstrengung, mir zu schmeicheln; er erzählte mir Anekdoten ohne jeden Witz und übertrieb im Lob meiner Person.

Dabei fiel es schwer, seine Lügen zu ertragen. Es kostete mich einiges, ihm bei den Mahlzeiten zuzusehen, wenn er sich geräuschvoll mit den Händen das Essen in den Mund schob.
Vielleicht hatte ich mich von den Reizen Teresas verleiten lassen oder wollte sie nicht enttäuschen. Jedenfalls nahm ich die lästige Anwesenheit Barbosas ohne Protest hin.
Wenn ich betonte, wie dümmlich es von Teleco sei, uns weismachen zu wollen, er sei ein Mensch, antwortete sie mit einer Bestimmtheit, die mich verwirrte:
»Er heißt Barbosa und ist ein Mann.«
Das Känguruh bemerkte mein Interesse für seine Freundin und hielt meine Toleranz irrtümlich für eine mögliche Schwäche. Es wurde frech und machte sich über mich lustig, während ich ihm vorwarf, daß es meine Kleidung trug, meine Zigaretten rauchte oder Geld aus meiner Tasche entwendete.
Bei verschiedenen Anlässen appellierte ich an seine schwachen Gefühle und bat es, sich wieder in einen Hasen zu verwandeln.
»Wieder in einen Hasen? Ich war nie ein Tier. Ich weiß nicht mal, von wem du redest.«
»Ich spreche von einem kleinen, grauen, sanften Hasen, der sich in andere Tiere zu verwandeln pflegte.«

Unterdessen war ich in meiner Liebe zu Teresa hin- und hergerissen. Ich hatte wenig Hoffnung, erhört zu werden. Trotz dieser Ungewißheit entschloß ich mich, um ihre Hand anzuhalten.
Kühl und ohne Umschweife schnitt sie das Thema ab:
»Ihr Antrag ist weniger großzügig, als Sie denken. Er dort ist viel mehr wert.«
Als sie mich mit einer solchen Begründung abwies,

wurde mir klar, daß sie vorhatte, Telecos Fähigkeiten auf eine verdächtige Art und Weise auszunutzen.

Nachdem mein Heiratsantrag ausgeschlagen worden war, konnte ich es nicht ertragen, die beiden in intimem Umgang miteinander zu sehen, ohne aggressiv zu werden.

Das Känguruh bemerkte die Veränderung in meinem Verhalten und vermied es, mir zu begegnen.

Als ich eines Nachmittags von der Arbeit zurückkehrte, erregte der ohrenbetäubende Lärm des Plattenspielers meine Aufmerksamkeit. Gleich darauf, als ich die Tür öffnete, fühlte ich, wie mir das Blut in den Kopf stieg; Teresa und Barbosa tanzten Wange an Wange einen obszönen Samba.

Empört riß ich sie auseinander. Ich griff das Känguruh beim Kragen, schüttelte es heftig und zeigte auf den Spiegel im Wohnzimmer:

»Ist das etwa kein Tier?«

»Nein, ich bin ein Mensch!« Er schluchzte und strampelte. Er hatte Angst vor der Wut in meinen Augen.

Als Teresa seine Schreie hörte und ihm zu Hilfe kam, flehte er sie an:

»Bin ich nicht ein Mensch, meine Liebe? Sag es ihm.«

»Natürlich bist du ein Mensch, mein Schatz.«

Obwohl es mir völlig absurd erschien, lag in ihren Stimmen eine tragische Aufrichtigkeit. Dennoch faßte ich einen Entschluß. Ich warf Barbosa zu Boden und schlug ihm ins Gesicht. Dann stieß ich sie beide hinaus.

Noch von der Straße aus warnte sie mich in höchster Erregung.

»Ich werde einen bedeutenden Mann aus Barbosa machen, du Schweinehund.«

Ich sah sie zum letzten Mal. Später hörte ich von einem Zauberer Barbosa, der in der Stadt Aufsehen erregte. Da ich nichts Näheres erfuhr, dachte ich, es handle sich einfach um zufällige Namensgleichheit.
Meine Leidenschaft für Teresa verflog mit der Zeit, und mein Interesse für die Briefmarken erwachte wieder. In meiner Freizeit widmete ich mich meiner Sammlung.
Eines Nachts war ich gerade dabei, seltene Marken einzukleben, die ich am Vorabend erhalten hatte, als ein Hund durchs Fenster sprang. Nachdem ich mich von meinem Schreck erholt hatte, machte ich Anstalten, das Tier wegzujagen. Ich kam jedoch gar nicht dazu, es hinauszuwerfen.
»Ich bin Teleco, dein Freund«, sagte er mit einer besonders zittrigen, traurigen Stimme, während er sich in ein Aguti verwandelte.
»Und sie?« fragte ich mit erzwungener Beiläufigkeit.
»Teresa . . .« Ohne den Satz zu beenden, nahm er die Gestalt eines Pfaus an.
»Da waren so viele Farben . . . der Zirkus . . . sie sah so hübsch aus . . . es war schrecklich . . .« fuhr er fort und klapperte mit den Schuppen einer Klapperschlange.
»Das Kostüm . . . ganz weiß . . . fünf Taue . . . morgen werde ich Mensch sein . . .« er preßte die Wörter ohne sichtbaren Zusammenhang heraus und verwandelte sich dabei in andere Tiere.
Eine Weile lang hustete er. Es war ein nervöser Husten. Zunächst war er schwach, verstärkte sich aber, wenn er die Gestalt großer Tiere annahm. Ich flehte ihn währenddessen an, er möge sich beruhigen. Es gelang ihm aber nicht, sich unter Kontrolle zu bringen.
Vergeblich versuchte er, sich auszudrücken. Die Sätze hüpften kurz und wirr hervor.

»Hör jetzt auf damit und sprich ruhiger«, forderte ich, denn ich verlor langsam die Geduld über seinen ständigen Verwandlungen.

»Ich kann nicht«, stotterte er, in der Haut einer Echse.

Nach einigen Tagen herrschte noch immer das gleiche Chaos. Zitternd und winselnd saß Teleco in irgendwelchen Winkeln und verwandelte sich in die verschiedensten Tiere. Er stotterte viel und konnte sich nicht ernähren, denn sein Mund, der, entsprechend dem Tier, das er gerade darstellte, größer oder kleiner wurde, konnte sich nicht immer dem jeweiligen Umfang des Essens anpassen. Tränen kamen aus seinen Augen, kleine aus den winzigen einer Ratte, riesige waren es im Gesicht eines Nilpferdes.

Da ich nicht in der Lage war, sein Leiden zu lindern, klammerte ich mich weinend an ihn. Sein Körper aber wuchs in meinen Armen, und er schleuderte mich gegen die Wand.

Er sprach nicht mehr: er stöhnte, krächzte, blökte, quiekte, brüllte, zwitscherte.

Schließlich wurde er etwas ruhiger und beschränkte seine Verwandlungen nur noch auf kleine Tiere, bis er die Form eines Lämmchens annahm, das traurig blökte. Ich nahm ihn auf meine Arme und fühlte, daß sein Körper vor Fieber glühte. Er schwitzte.

In der letzten Nacht rührte er sich kaum noch, bis er langsam still wurde. Ich war erschöpft von dem langen Wachen, schloß die Augen und schlief ein. Als ich aufwachte, merkte ich, daß sich etwas in meinen Armen verwandelt hatte. Auf meinem Schoß lag ein verwahrlostes Kind. Es war tot.

Barbara

> Ein Mensch, der vom Wege der Klugheit irrt, der wird bleiben in der Toten Gemeinde.
>
> *Sprüche XXI, 16*

Barbara konnte nur fordern. Sie bat und bat und wurde dicker und dicker. Obwohl es absurd erscheint, war ich doch immer geneigt, ihren Launen nachzugeben. Im Ausgleich für eine so beständige Fürsorge empfing ich nur eine schwache Zuneigung von ihr und dazu immer neue Forderungen. Ich habe nicht alle behalten, weil ich besorgt das Wachsen ihres Körpers verfolgte. Sie wurde immer mächtiger, je mehr ihr Ehrgeiz wuchs. Wenn sie mir wenigstens ein bißchen von all der Liebe abgegeben hätte, die sie den Dingen zuwandte, die ich ihr gab, oder wenn sie zumindest nicht so zugenommen hätte, dann wären mir die Opfer nicht so schwergefallen, die ich brachte, um ihre morbide Manie zu befriedigen.

Wir waren fast gleichaltrig und während unserer Kindheit untrennbare Gefährten, dann Verliebte, Verlobte und eines Tages heirateten wir. Oder besser, jetzt kann ich es ja zugeben, wir waren nie mehr als Gefährten.

Während ich unbekümmert die Jahre meiner Kindheit durchlebte, litt ich noch nicht unter ihren Anwandlungen. Barbara war ein mürrisches Mädchen, und es machte mir nichts aus, daß sie etwas voller wurde. Ich nahm so manchen Sturz in Kauf, wenn ich auf Bäume kletterte, wo die gierigen Augen meiner Gefährtin fade Früchte oder Vogelnester entdeckt hatten. Ich steckte auch einige Prügel von anderen Jungen ein, die ich angreifen mußte,

einzig und allein, um Barbara einen Wunsch zu erfüllen. Und wenn ich mit einem zerschundenen Gesicht zurückkehrte, war ihre Genugtuung um so größer. Sie hielt meinen Kopf in ihren Händen und fühlte sich glücklich, wenn sie mein geschwollenes Gesicht streichelte, als seien die Blutergüsse ein Geschenk, das ich ihr dargebracht hatte.
Manchmal wehrte ich mich dagegen, ihren Forderungen nachzukommen, weil ich sah, wie sie unaufhörlich dicker wurde. Meine Verweigerung währte jedoch meistens nicht lange. Ich erlag ihrem eindringlichen Blick, unter dem auch die unbedeutendsten Wünsche förmlich zu einem Befehl wurden. (Welche Zärtlichkeit lag in ihren Augen, welche Überzeugung strahlte sie aus, wenn sie mir solche extravaganten Forderungen stellte!)

Ja, es kam immerhin vor, daß ich den Unnachgiebigen spielte und drohte, sie bei dem nächsten Wunsch, den ich von ihr hören würde, zu verlassen.
Bis zu einem gewissen Punkt hatte meine Verwarnung die beabsichtigte Wirkung. Barbara flüchtete sich in eine provokative Stummheit und weigerte sich, mit mir zu essen oder zu sprechen. Sie versteckte sich hinten auf dem Hof, um mir auszuweichen, und verbreitete eine Traurigkeit, die mich beängstigte. Ihr Körper wurde immer schmaler, während ihr Bauch in erschreckendem Maße wuchs.
Es stimmte mich argwöhnisch, daß meine Frau nun überhaupt nichts mehr verlangte, denn das könnte das Auftreten eines neuartigen Phänomens begünstigen – ich bekam es mit der Angst zu tun. Der Arzt beruhigte mich. Jener enorme Bauch sei nur die Ankündigung eines Sohnes.

Ich hoffte aufrichtig, daß mit der Geburt des Kindes die merkwürdigen Anwandlungen Barbaras ein Ende finden würden. Und da ich den Verdacht hatte – weil sie so mager und blaß war – sie sei schwer krank, befürchtete ich, das Kind könnte in ihrem Bauch sterben. Ich flehte sie an, sich etwas zu wünschen, ehe es so weit käme. Sie wollte den Ozean.

Ich wendete nichts dagegen ein und machte mich am selben Tag auf zu einer langen Reise an die Küste. Als ich aber vor dem Meer stand, erschrak ich vor seiner Größe. Ich hatte Bedenken, daß meine Frau proportional zum Umfang ihres Wunschobjektes zunehmen könnte und brachte ihr deshalb nur eine kleine Flasche mit Meerwasser mit.

Bei meiner Rückkehr wollte ich mich dafür entschuldigen, aber sie hörte mir gar nicht zu. Sie nahm mir begierig die Flasche aus der Hand und betrachtete verwundert die Flüssigkeit darin. Sie gab sie nicht mehr her. Sie schlief mit der kleinen Flasche in ihren Armen, hielt sie, wenn sie wach war, gegen das Licht und kostete etwas von ihrem Inhalt. Unterdessen wurde sie dicker und dicker.

Einige Zeit lang machte ich mir weniger Sorgen wegen des übermäßigen Gewichts von Barbara. Meine Aufmerksamkeit richtete sich nun mehr auf ihren Bauch, der sich in erschreckendem Maße ausdehnte, so sehr, daß sie trotz der festen Speckschicht, die ihren Körper bedeckte, hinter dem kolossalen Bauch verschwand. Ich hatte Angst, daß da ein Riese herauskommen würde, und stellte mir vor, wie schrecklich es wäre, neben einer ungeheuer dicken Frau und einem monströsen Sohn zu leben, der sogar noch die Besessenheit seiner Mutter erben könnte, sich immer etwas zu wünschen.

Zu meiner Enttäuschung wurde ein rachitisches, häßliches Wesen geboren, das ein Kilo wog.
Vom ersten Augenblick an lehnte Barbara es ab. Nicht etwa, weil es klein und mißgestaltet war, sondern einfach, weil sie es nicht bestellt hatte.
Die Gefühllosigkeit der Mutter, die auf das Weinen und den Hunger des Kindes nicht reagierte, zwang mich, es auf meinen Armen großzuziehen. Während es vor Hunger weinte, weigerte sie sich, ihm die üppigen Brüste zu geben, die voller Milch waren.

Als Barbara des Meereswassers überdrüssig geworden war, bat sie mich um einen Baobá-Baum, der im Nachbargarten stand. Nachdem ich mich vergewissert hatte, daß der Junge ruhig schlief, sprang ich über die Mauer, die unseren Hof von dem des Nachbarn trennte, und brach einen Zweig des Baumes ab.
Als ich ins Haus zurückkehrte, wartete ich nicht bis zum Morgengrauen, um meiner Frau das Geschenk zu überreichen. Ich rief sie leise bei ihrem Namen, um sie zu wecken. Sie öffnete die Augen und lächelte, weil sie erriet, warum sie geweckt worden war:
»Wo ist er?«
»Hier.« Und ich streckte ihr meine Hand entgegen, die ich hinter meinem Rücken versteckt hatte.
»Idiot!« schrie sie und spuckte mir ins Gesicht. »Ich hab dich nicht um einen Zweig gebeten.« Damit drehte sie sich zur Wand, ohne mir überhaupt Zeit zu einer Erklärung zu geben, daß nämlich der Baobá-Baum viel zu weit verzweigt und etwa zehn Meter hoch sei.
Da der Eigentümer sich weigerte, den Baum getrennt zu verkaufen, mußte ich einige Tage später das ganze Grundstück zu einem Wucherpreis erwerben.

Nachdem das Geschäft abgeschlossen war, stellte ich einige Männer ein, die mit Hacken und einem Kran den Baobá aus der Erde rissen und auf den Boden legten.
Barbara verbrachte nun, glücklich umherhüpfend wie ein Schulmädchen, Stunden damit, auf dem Baumstamm herumzulaufen. Sie zeichnete auch Figuren darauf und ritzte Namen ein. Meinen fand ich unter einem Herzen eingraviert, was mich sehr rührte. Es war jedoch die einzige liebevolle Geste, die ich je von ihr erfahren habe. Die Dankbarkeit, mit der ich dieses Andenken aufgenommen hatte, ließ sie ungerührt. Sie sah zu, wie die Blätter verwelkten und als der Baobá vertrocknet war, verlor sie jedes Interesse daran.
Sie war furchtbar dick. Ich versuchte, sie von ihrer Manie abzulenken. Ich nahm sie mit ins Kino und auf den Fußballplatz. (Der Junge mußte auf dem Arm getragen werden, denn noch Jahre nach seiner Geburt hatte er dieselbe Größe, er war nicht einen Zoll gewachsen.) Bei diesen Gelegenheiten war das erste, was ihr einfiel, der Projektor oder der Ball, mit dem gerade gespielt wurde. Unter Protest der Anwesenden zwang sie mich, das Spiel oder die Vorstellung zu unterbrechen, nur damit ich ihren Wunsch erfüllen konnte.
Erst sehr spät wurde mir klar, daß alle meine Anstrengungen, das Verhalten von Barbara zu ändern, sinnlos waren. Sie würde meine Liebe nie begreifen und immer weiter zunehmen.
Ich ließ sie gewähren und harrte resigniert neuer Wünsche. Das würden denn auch die letzten sein. Ich hatte schon ein Vermögen für ihre Extravaganzen ausgegeben.

Eines Nachmittags näherte sie sich mir zärtlich und strich mir über das Haar. Ich war überrascht und ahnte nicht sofort den Grund ihres Verhaltens. Sie selbst lieferte jedoch gleich eine Erklärung dafür:

»Ich wäre so glücklich, wenn ich ein Schiff besäße.«

»Aber das wird uns arm machen, meine Liebe. Wir werden keine Lebensmittel mehr kaufen können, und der Junge wird vor Hunger sterben.«

»Ach was, der Junge zählt nicht. Wir werden ein Schiff haben und das ist das Schönste, was es auf der Welt gibt.«

Ich war verstimmt und konnte an ihrer Äußerung nichts Komisches finden. Wie hätte sie von der Schönheit eines Schiffes wissen können, wenn sie noch nie eins gesehen hatte und das Meer nur aus einer Flasche kannte?

Ich hielt meinen Ärger zurück und machte mich noch einmal auf an die Küste. Unter den Transatlantik-Dampfern, die im Hafen vor Anker lagen, suchte ich den größten aus. Ich ließ ihn auseinandernehmen und in unsere Stadt transportieren.

Ich kehrte verzweifelt zurück. Im letzten Wagen des Zuges, der die Teile des Schiffes geladen hatte, sah mein Sohn mich beunruhigt an. Er versuchte zu verstehen, warum der Zug so oft sinnlos pfiff.

Barbara, die durch ein Telegramm benachrichtigt worden war, erwartete uns auf dem Bahnhof. Sie empfing uns fröhlich und hatte sogar ein scherzendes Wort für den Kleinen übrig.

Auf einem großen Terrain, das aus mehreren Grundstükken bestand, verfolgte Barbara bis ins kleinste Detail die Montage des Schiffes. Ich saß unterdessen mißmutig und betrübt auf dem Boden. Mal sah ich zu dem Jungen hinüber, der vielleicht nie laufen würde mit seinen Beinchen, mal zu meiner Frau, die so dick war, daß mehrere Menschen zusammen sie nicht hätten umfassen können.

Nachdem das Schiff zusammengebaut worden war, zog sie dorthin um und ging von da ab nicht mehr an Land. Sie verbrachte Tag und Nacht an Deck und kümmerte sich um nichts, was nicht unmittelbar mit dem Schiff zu tun hatte.

Das restliche Geld, seit dem Kauf des Schiffes knapp geworden, ging schnell aus. Der Hunger kam, das Kerlchen strampelte, wälzte sich im Gras und nahm Erde in den Mund. Das Weinen meines Sohnes berührte mich nicht mehr allzu sehr. Ich hatte ständig die Augen auf meine Frau gerichtet und hoffte, sie würde durch den Mangel an Nahrungsmitteln dünner werden.

Sie wurde nicht dünner. Sie nahm im Gegenteil noch einige Dutzend Kilo zu. Ihre übermäßige Fülle gestattete es ihr nicht, in die Kojen zu klettern. Ihre Spaziergänge beschränkten sich auf das Oberdeck, wo sie sich nur noch mit Mühe fortbewegte.

Ich hielt mich bei dem Kind auf, und wenn es mir gelang, die Wachsamkeit meiner Frau zu überlisten, entwendete ich einige Stücke Holz oder Eisen des Ozeandampfers und tauschte sie gegen Lebensmittel ein.

Eines Nachts sah ich, wie Barbara in den Himmel starrte. Als ich entdeckte, daß ihr Blick auf den Mond gerichtet war, setzte ich den Jungen auf dem Boden ab und stieg eilig zu ihr hinauf. Mit allen Mitteln versuchte ich, ihre Aufmerksamkeit auf etwas anderes zu lenken. Als ich merkte, daß das nicht half, versuchte ich, sie an den Armen wegzuziehen. Auch das nützte nichts. Ihr Körper war zu schwer, ich konnte ihn einfach nicht bewegen.

Etwas ratlos, weil ich nicht wußte, was ich jetzt noch tun könnte, lehnte ich mich an die Reling. Ich hatte sie noch nie vorher mit einem so ernsten Gesicht, einem so stieren

Blick gesehen. Das wäre wirklich der allerletzte Wunsch. Ich wartete nur, daß sie ihn aussprach. Niemand mehr könnte sie aufhalten.
Aber nach einigen Minuten atmete ich erleichtert auf. Sie bat nicht um den Mond, sondern um einen winzigen Stern daneben, der fast nicht zu sehen war. Ich machte mich auf, ihn zu holen.

Das Gebäude

> Zu der Zeit werden deine Mauern gebaut werden, und Gottes Wort wird weit auskommen.
>
> *Micha VII, 11*

Es waren mehr als hundert Jahre nötig, um die Fundamente des Gebäudes zu beenden, das, der vertraglichen Vereinbarung zufolge, eine unbegrenzte Zahl von Stockwerken haben würde. Die technischen Angaben, Berechnungen und Grundrisse waren perfekt, trotz der Skepsis, mit der der Lehrstuhlinhaber der Fakultät für Ingenieurwesen den Fall betrachtete. Da er sich wegen einiger Studenten, die mit dem skeptischen Ton des Meisters unzufrieden waren, zu dem Thema äußern mußte, ließ er einige maliziöse Bemerkungen fallen und versicherte, es handle sich um »eine andere Schule und deren undefinierbare Experimente im Zementgießen«.

Nachdem der letzte Pfosten eingeschlagen und die Grundmauern fertiggestellt waren, entließ der Oberste Rat der Stiftung, der mit der allgemeinen Leitung des Unternehmens beauftragt war, die Techniker und Arbeiter, um kurz darauf eine neue Gruppe von Ingenieuren und Handwerkern in Dienst zu nehmen.

1. Die Legende

Dem soeben eingestellten, verantwortlichen Ingenieur sagte man nichts über die Bestimmung des Gebäudes. Außerdem interessierte João Gaspar sich wenig für die Bestimmung, stolz wie er war, zu Beginn seiner Lauf-

bahn den Bau des größten Wolkenkratzers zu leiten, von dem man je gehört hatte.
Er hörte sich aufmerksam die Anweisungen der Räte an, deren weiße Bärte mit den gezwirbelten Spitzen ihnen den Anschein strenger Unnachgiebigkeit verliehen.
Sie räumten ihm große Freiheit ein und verlangten nur, er solle sich an zwei oder drei Vorschriften halten, die er genauestens beachten möge. Er würde nicht nur technische Aufgaben wahrnehmen, sondern sich um die Gesamtheit eines einzigartigen Organismus kümmern. Bis in kleinste Einzelheiten würde die Abwicklung des Bauvorhabens in seinen Händen liegen. Er würde die Löhne auszahlen und die Arbeiterschaft ständig betreuen. Außerdem sei es seine Aufgabe, jegliche Unzufriedenheit unter den Angestellten zu vermeiden. Diese Anweisung war, wie man ihm auseinandersetzte, darauf angelegt, eine wichtige Bestimmung der verstorbenen geistigen Urheber des Projektes zu befolgen und damit gegen den herrschenden Mythos anzugehen, daß bei Erreichen des achthundertsten Stockwerkes unter den Arbeitern ein unbezwingbares Chaos ausbrechen und folglich das gesamte Projekt scheitern werde.
Während die Leiter der Stiftung ihre ausführlichen Erklärungen abgaben, behielt der junge Ingenieur die Ruhe, zeigte größtes Selbstvertrauen und keinerlei Befürchtungen, was den Ausgang des Unternehmens anging. Einmal allerdings war er leicht verwirrt und stotterte eine zweideutige Bemerkung. Er hatte schon das Einstellungsgespräch hinter sich und sammelte die auf dem Tisch ausgebreiteten Papiere ein, als einer der Alten ihn warnte:
»In diesem Bau ist kein Platz für die Ehrgeizigen. Denke nicht, daß du das Werk vollenden wirst, João Gaspar. Du

wirst lange vorher sterben. Wir, die wir hier versammelt sind, sind der dritte Rat der Gesellschaft und wie unsere Vorgänger haben wir uns niemals der eitlen Illusion hingegeben, wir seien die letzten.«

2. Die Warnung

Der Ingenieur gab die Richtlinien, die er von seinen Vorgesetzten erhalten hatte, an seine nächsten Untergebenen weiter. Er verschwieg auch die Warnung nicht, die ihn verwirrt hatte. Als er sah, daß seine Worte die Zuhörer mehr beeindruckt hatten als ihn selbst vorher die Bemerkung des alten Rates, war er sehr zufrieden damit.

3. Die Kommission

João Gaspar nahm alles sehr genau und verachtete Improvisiertes. Bevor die erste Form mit Zement ausgegossen wurde, ernannte er eine Kontroll-Kommission, die die Arbeiter überwachen, Gehaltstabellen einrichten und ein Bulletin führen sollte, das die täglichen Vorkommnisse enthalten würde.

Mit dieser Maßnahme wurde eine größere Produktivität erzielt und zudem einige Male verhindert, daß es zu Unstimmigkeiten unter den Angestellten kam.

Um die Kameradschaft unter den leitenden Angestellten des Baus zu fördern, wurden sonntags fröhliche Zusammenkünfte organisiert. Dank dieser und anderer Dinge lief alles ruhig, und der Bau entwickelte sich in den vorgegebenen Etappen.

Alle fünfzig Stockwerke gab João Gaspar ein Fest für die Angestellten. Er hielt eine Rede. Er wurde älter.

4. Der Ball

Unruhig und gespannt sah man dem achthundertsten Stockwerk entgegen. Man verdoppelte die Vorsichtsmaßnahmen und verdreifachte die Zahl der Mitglieder der Kontroll-Kommission, die mittlerweile pausenlos tätig war, um Schwierigkeiten zu überwinden und Meinungsverschiedenheiten zu schlichten. Nach reiflicher Überlegung wurde der Ball, den man nach Beendigung jedes weiteren Stockwerkes feierte, verschoben.

Schließlich verflogen alle Befürchtungen. Ohne größere Hindernisse war man beim achthundertsten Stockwerk angelangt. Das Ereignis wurde mit einem Fest begangen, das größer als alle vorangegangenen war.

Bei Tagesanbruch kam es jedoch zu unglaublicher Gewalttätigkeit, die durch übermäßigen Alkoholgenuß und einen unwichtigen kleineren Vorfall ausgelöst wurde. Männer und Frauen gerieten in ein wüstes Handgemenge und verwandelten den Saal in einen Trümmerhaufen. Während Stühle und Flaschen durch die Luft flogen, versuchte der Ingenieur besorgt, die aufgebrachten Gemüter zu beruhigen. Es gelang ihm nicht. Ein schwerer Gegenstand traf ihn am Kopf, und damit waren seine Versöhnungsversuche beendet.

Als er wieder zu sich kam, schmerzte sein blutverschmierter Körper von den Stößen und Schlägen, die er nach seinem Fall erhalten hatte. Er sah sich als Opfer eines heimtückischen Hinterhaltes. Auf unerwartete Weise war die alte Vorhersage in Erfüllung gegangen.

5. Der Irrtum

Nach diesem Unfall schloß João Gaspar sich in seinem Haus ein und weigerte sich, auch nur seine engsten

Mitarbeiter zu empfangen, denn er wollte kein Wort des Trostes von ihnen hören.
Wenn es schon unmöglich war, den Bau fortzuführen, dann wollte er doch wenigstens den Fehler aufdecken, den er begangen hatte. Er war überzeugt, daß er sich getreu an die Anweisungen des Obersten Rates gehalten hatte. Wenn er gescheitert war, dann mußte es daran liegen, daß er ein Detail in der Prophezeiung nicht beachtet hatte.
Da seine Mitarbeiter darauf bestanden, ihn zu sehen, gab er nach und erklärte sich bereit, sie zu empfangen. Sie wollten wissen, warum er aufgegeben hatte, warum er nicht mehr auf der Baustelle erschienen war. Hatte er den Streit übelgenommen?
»Was würde meine Anwesenheit nützen? War euch meine Erniedrigung nicht genug?«
»Wie?« fragten sie. »Das kam doch nur, weil alle betrunken waren.« Sie schämten sich wegen des Vorgefallenen und baten ihn um Entschuldigung.
»Und niemand ist der Arbeit ferngeblieben?«
Da sie verneinten, umarmte er seine Mitarbeiter:
»Von jetzt ab wird kein Hindernis mehr die Verwirklichung unserer Pläne beeinträchtigen!« (Seine Augen waren feucht, aber seine Lippen zeigten den Anflug eines hochfahrenden Lächelns.)

6. Der Bericht

Ohne neuerliche Aufregung gingen alle gewissenhaft ihren Aufgaben nach, und weitere sechsundneunzig Stockwerke wurden dem Gebäude hinzugefügt. Alles verlief zur größten Zufriedenheit, die durchschnittliche Arbeitsleistung der Lohnempfänger war hervorragend.
In einem Taumel selbstgefälliger Zufriedenheit verteilte

der Ingenieur Gratifikationen, erging sich in Freundlichkeiten gegenüber dem Personal, spazierte auf den Treppen einher, lehnte sich aus den Fenstern, sprang herum und zwirbelte an seinem weiß gewordenen Bart.
Eine gewisse Ermüdung drohte ihn um den Genuß seines Triumphes zu bringen, den er noch weiter auskosten wollte. Daher kam er auf den Gedanken, für die Direktoren der Stiftung einen detaillierten Bericht zu verfassen, in dem die Einzelheiten des Sieges dargelegt werden würden. Er würde außerdem zeigen, daß in Zukunft neue Prophezeiungen gegen den Fortgang des Werkes unmöglich aufkommen könnten. Nachdem dieser Bericht fertiggestellt war, begab er sich zum Sitz des Obersten Rates, wo er nur selten und nun schon seit langem nicht mehr gewesen war. Dort aber erwartete ihn statt der Glückwünsche, die er zu verdienen glaubte, eine Überraschung: die letzten Räte waren gestorben und in Übereinstimmung mit den Anweisungen, die nach dem Niedergang der Legende aufgestellt worden waren, wurden die freigewordenen Sitze nicht mehr besetzt.
Der Ingenieur zweifelte noch an dem soeben Gehörten und fragte den Archivar, der als einziger Hilfsangestellter noch von dem großen Kreis der Angestellten übriggeblieben war, ob man, die Weiterführung des Gebäudes betreffend, besondere Empfehlungen für ihn hinterlassen habe.
Dieser Archivar wußte von nichts und nicht einmal, warum er selbst dort ohne Vorgesetzte und ohne irgendeine Arbeit seine Zeit verbrachte.
Begierig machten sich beide daran, Dokumente zu suchen, die irgendwelche Anweisungen enthalten könnten. Sie durchstöberten sämtliche Schränke und Archive, fanden aber nichts außer technischen Beschreibungen

und einem Satz, der am Rand von Büchern, Berichten und Bauplänen immer wieder auftauchte: das Chaos muß vermieden werden. Es wird bei Beendigung des achthundertsten Stockwerkes eintreten.

7. Der Zweifel

João Gaspars Euphorie war verflogen. Unsicher und nachdenklich geworden kehrte er zur Baustelle zurück. Als er oben auf der obersten Betondecke stand, die Hände auf die Hüften gestützt, erlebte er einen Augenblick schäbiger Größe: er hielt sich für den unbestreitbaren Herrn des Monuments zu seinen Füßen. Wer sonst hätte es sein können, da der Oberste Rat nicht mehr bestand.

Sein maßloser Stolz währte nicht lange. Als er nach Hause kam, wo schon immer eine sorgende weibliche Hand gefehlt hatte, ließen ihn die Zweifel nicht mehr los. Warum hatte man einem einfachen Techniker ein Unternehmen solchen Ausmaßes anvertraut? Welche Ziele hatten wohl denen vorgeschwebt, die sich solch einen absurden Wolkenkratzer ausgedacht hatten?

Die Fragen kamen und gingen, während das Gebäude weiter wuchs und es immer unwahrscheinlicher wurde, daß sich je aufklären würde, was unter so geheimnisvollen Umständen begonnen hatte.

Die anfängliche Begeisterung für den Bau machte untergründig einer gewissen Mutlosigkeit Platz. Vor Freunden klagte er über die Langeweile, die ihn überkam, wenn er dem ewigen Kreislauf von Zement, Kies, Verschalungsformen zusah. Dazu befiel ihn Angst, wenn er das monotone Auf und Ab der Fahrstühle beobachtete.

Als er unter der ständigen Angst zusammenzubrechen drohte, rief er die Arbeiter zu einer Versammlung zu sich.

Er erklärte ihnen unter besonderer Beachtung vieler Einzelheiten, daß die Auflösung des Obersten Rates ihn zwänge, den Fortgang des Baus zu unterbinden.
»Es fehlt uns ein Leitplan. Ohne diesen sehe ich keinen Grund, ein endloses Gebäude zu errichten«, schloß er.
Die Arbeiter hörten ihm in ehrerbietigem Schweigen zu. In ihrem Namen antwortete ein Spezialist im Zementgießen:
»Wir sind dir als Chef gefolgt, aber die Befehle, die wir erhalten haben, gingen von übergeordneten Stellen aus und sind nicht zurückgezogen worden.«

8. Die Verzweiflung

Vergebens appellierte er an das Verständnis der Angestellten. Er sprach versöhnlich, er versuchte zu überzeugen, denn seine Absichten waren friedlich. Die Angestellten waren gleichermaßen höflich, wiesen jedoch die Vorstellung zurück, sie sollten die Baustelle verlassen.
»Hört mich doch«, flehte er, voller Ungeduld über die Starrköpfigkeit der Untergebenen. »Ein Monstrum unbegrenzten Ausmaßes ist einfach undurchführbar! Die Fundamente müßten mit zunehmender Anzahl der Stockwerke verstärkt werden. Auch das ist nicht machbar.«
Obwohl man ihm immer aufmerksam zugehört hatte, überzeugte er niemanden. Er mußte sich daraufhin unnachgiebig zeigen und entließ das gesamte Personal.
Die Arbeiter weigerten sich, die Entlassung anzunehmen. Sie verwiesen auf die unumstößlichen Bestimmungen der verstorbenen Räte. Schließlich sagten sie, sie würden nachts und sonntags arbeiten, unabhängig von jeglicher zusätzlicher Lohnfortzahlung.

9. Die Täuschung

Die Entscheidung der Lohnempfänger, die Zahl der Arbeitsstunden zu erhöhen, gab dem Ingenieur neuen Auftrieb. Er hoffte, sie würden bald aufgeben vor Erschöpfung, denn sie konnten unmöglich auf längere Zeit ein solches gemeinsames Unterfangen durchhalten. Bald aber sollte er seinen Irrtum erkennen. Abgesehen davon, daß man ihnen keinerlei Erschöpfung anmerkte, kamen aus den benachbarten Städten noch Hunderte von Arbeitern, die sich bereit erklärten, den Kollegen unentgeltlich zu helfen. Sie kamen singend an, die Werkzeuge geschultert, als seien sie bereit, an einem langen, freudigen Unterfangen mitzuwirken.

Es half wenig, ihnen den Zugang zu verweigern. Sie selbst suchten sich die entsprechenden Aufgaben heraus und nahmen sie begeistert in Angriff, ohne die heftigen Vorwürfe von João Gaspar zu beachten.

10. Die Ansprachen

Als er sah, daß immer größere Gruppen von Freiwilligen hinzustießen, hatte der Ingenieur nicht mehr den Mut, sie zu verjagen. Er ging dazu über, nacheinander die Stockwerke abzulaufen und mahnte sie, die Arbeit niederzulegen. Er hielt lange Reden und fiel oft vor Erschöpfung bewußtlos zu Boden.

Zu Beginn entschuldigten die Angestellten sich, da es ihnen peinlich war, daß sie ihm nicht aufmerksam zugehört hatten. Im Laufe der Jahre gewöhnten sie sich daran und hielten seine Worte für ein wichtiges Element der Empfehlungen, die der Chef-Ingenieur vor Auflösung des Obersten Rates erteilt hatte.

Nicht selten baten sie ihn, begeistert von der Schönheit seiner bildhaften Sprache, das Gesagte zu wiederholen.

João Gaspar wurde böse und brach in heftige Beschimpfungen aus. Er kleidete sie aber in einen so guten Stil, daß niemand sich betroffen fühlte. Und lächelnd kehrten die Arbeiter zu ihrer Arbeit zurück, während das Gebäude weiter in die Höhe wuchs.

Die gläserne Blume

Und wird ein Tag sein, der dem Herrn bekannt ist, weder Tag noch Nacht; und um den Abend wird es licht sein.

Zacharias XIV, 7

Von der gläsernen Blume blieb nur eine bittere Erinnerung. Aber die Sehnsucht nach Marialice war da, ihre Bewegungen lagen über den Feldern – manchmal waren sie grün, manchmal grau. Ihr Lächeln spielte auf den Gesichtern der Landarbeiter, es lief auf dem Lack der Möbel entlang, löste sich von den weißen Wänden des Hauses. Es begleitete die Eisenbahn, die er vom Haupthaus der Fazenda jeden Nachmittag vorbeifahren sah. Die Lokomotive stieß Rauchwolken aus und schnaubte: Marialice, Marialice, Marialice. Der letzte Ton war beängstigend.

»Marialice!«

Die alte Hausangestellte hatte es gerufen und Eronides wußte im Augenblick nicht, ob der Name aus dem Mund Rosárias kam oder seinen Gedanken entsprungen war.

»Ja, sie wird kommen. Sie wird kommen!«

Ein unerwartetes Ereignis schüttelte heftig seinen Körper. Bedrückt band er sich eine schwarze Binde über das beschädigte linke Auge und rasierte sich die restlichen Haare ab, die er noch auf dem Kopf hatte.

Er stürzte die Treppe hinunter, getrieben von einer unbändigen Freude. Er rannte durch Eukalyptusreihen, bis er auf die Ebene hinauskam.

Marialice sprang behend aus dem Wagen und umarmte ihn lange:

»Oh, mein russischer General! Wie schön du bist!«
Sie war nicht so gealtert wie er. Mit ihren dreißig Jahren wirkte sie elastisch und jung, wie zweiundzwanzig – sie war uneitel und gab sich nicht betont jung.
Bevor sie zum Haus kamen, drückte er sie fest in seine Arme und küßte sie lange. Sie ließ ihn gewähren, und Eronides begriff, daß Marialice für immer gekommen war.
Stunden später (die Wände waren noch feucht von ihren Küssen) fragte sie, was er in ihrer Abwesenheit gemacht habe.
Er zog es vor, in der ihm eigenen Art zu antworten:
»Gestern habe ich viel an dich gedacht.«

Die Nacht sah sie lächeln, als sie über sie hereinbrach. Als sie beieinander lagen, wollte er nach Dagô fragen, aber dann war er überzeugt, daß es keine anderen Männer gegeben hatte. Nicht vorher und nicht nachher.

Die Mücken, die jede Nacht Wächter seiner Schlaflosigkeit waren, kamen nicht.

Er wachte früh auf, noch halb im Traum schwebend. Er sah zur Seite und, da Marialice nicht da war, versuchte er, wieder an den unterbrochenen Traum anzuknüpfen. Durch seinen Körper strömte jedoch eine neue Kraft. Er schwang sich aus dem Bett und fand im Spiegel seine alten Haare wieder. Seine Augen glänzten, die schwarze Klappe war verschwunden.
Als er die Tür öffnete, stieß er auf Marialice:
»Du Faulpelz, hast du unseren Spaziergang vergessen?«
Er betrachtete sie staunend; sie war jung und frisch. Ihr schlanker Körper strahlte ihre achtzehn Jahre aus. Begie-

rig umschlang er sie. Er wollte in ihr die Erinnerung an die vergangene Nacht wachrufen. Dann aber ließ ihn die Gewißheit, daß jene zwölf Jahre weggewischt waren, schweigen.
Sie schlugen den alten Weg ein, aber ihre Gesichter strömten etwas Neues aus. Der Morgen war gerade angebrochen, die Tautropfen auf den Gräsern glitten über ihre Füße. Seine Arme umschlangen die Schultern der Geliebten, und immer wieder hielt er an, um ihre Haare zu küssen. Als sie in die Nähe des Waldes kamen – dort endete ihr Spaziergang immer – schien die Sonne schon intensiv. Er ließ sie am Waldrand stehen und drang in das Gehölz ein. Sie war außer sich und hatte Mühe, ihm zu folgen.
»Grobian! Oh, du Grobian! Warte auf mich!«
Eronides lachte, ohne sich umzudrehen; die Zweige zerkratzten seinen Körper, er verschwand zwischen den Bäumen. Von Zeit zu Zeit hörte er sie rufen:
»Wenn dir doch ein Zweig die Augen durchbohren würde, du Teufel!«

Er brachte ihr von dort eine blaue Blume.
Marialice weinte. Langsam beruhigte sie sich, nahm die Blume und gab ihm einen flüchtigen Kuß. Eronides beugte sich vor, um sie zu umarmen, aber sie wich ihm aus und lief hinaus auf die Felder.
Weiter vorn stolperte sie und fiel hin. Er drückte sie zu Boden, während Marialice sich wehrte und ihn an den Haaren zog.
Es dauerte nicht lange, und sie versöhnten sich wieder, denn ihre Liebe zueinander nährte sich von Kampf und Verzweiflung.

Ein Spaziergang folgte dem anderen. Sie hielten sich nicht an eine festgesetzte Zeit, kamen aber immer zum Wald. Manchmal, wenn er glaubte, die gläserne Blume in einem Baumwipfel entdeckt zu haben, nahm er Marialice in seine Arme und drückte sie. Dann erschrak sie, sah ihn schweigend an und wartete auf eine Erklärung. Er aber behielt den Grund seiner Furcht für sich.

Das Ende der Ferien fiel zusammen mit dem Ende der Regenzeit. Unter strömendem Regen brachte Eronides sie zum Bahnhof.
Als der Zug anfuhr, enthüllte sich in demselben Augenblick die gläserne Blume. Sein Blick trübte sich und ein heiserer Schrei kam über seine Lippen.
Das weiße Taschentuch, das aus dem Fenster winkte, war die einzige Antwort. Die Schienen aber, die sich parallellaufend in der Ferne verloren, verdammten ihn zu unwiderruflicher Einsamkeit.
Auf dem Rückweg durchbohrte ein Zweig sein Auge.

Die Stadt

> Die Arbeit der Narren wird ihnen sauer, weil sie nicht wissen in die Stadt zu gehen.
>
> *Prediger X, 15*

Er wollte in eine größere Stadt fahren, aber der Zug blieb endlos lange auf dem vorletzten Bahnhof stehen.

Cariba glaubte, die Verzögerung könnte darauf zurückzuführen sein, daß ein Lastzug vor ihnen entgleist war, ein Unfall, wie er auf dieser Bahnstrecke häufiger vorkam.

Da der Aufenthalt sich in die Länge zog und niemand ihn aufsuchte, um ihm zu erklären, was los war, dachte er, man würde ihn vielleicht nicht beachten, weil er der einzige Reisende im Zug war.

Er rief den Schaffner, der die Fahrkarten kontrolliert hatte, und wollte wissen, ob eine solche Vernachlässigung seiner Person der Tatsache zuzuschreiben sei, daß der Zug leer war.

Er erhielt keine direkte Antwort von dem Bahnangestellten, der sich darauf beschränkte, auf den Hügel zu zeigen, auf dem mehrere Dutzend kleine weiße Häuser verstreut lagen.

»Schöne Frauen?« fragte der Reisende.

»Leere Häuser.«

Es wurde ihm ziemlich schnell klar, daß er einen Trottel vor sich hatte. Er nahm seine Koffer und schickte sich an, die steilen Sträßchen zum Dorf hinaufzusteigen.

Der Aufstieg war langsam und mühevoll. Der Schweiß lief ihm über die Stirn, während sein Blick mehr und

mehr von der Unbeschwertheit der kleinen weißen Bauwerke angezogen wurde.
Eine unbestimmte Traurigkeit lag über dem kleinen Ort. Die Fenster und Türen der Häuser waren geschlossen, aber die Gärten schienen am Vorabend gegossen worden zu sein. Er klopfte bei einigen der Häuschen an, aber niemand öffnete ihm. Er lief noch ein Stück weiter und sah von der Berghöhe aus die Stadt. Sie war so groß wie die, in die er hatte fahren wollen. Zwanzigtausend Einwohner, wie er später erfuhr.
Er stieg langsam hinunter. Die Menschen (und warum nicht auch schöne Frauen?) müßten dort unten zu finden sein.
Mehrmals drehte er sich um und versuchte, sich die Landschaft, die er hinter sich ließ, einzuprägen. Es war ihm, als würde er nicht mehr auf demselben Weg zurückkehren.

Die Einwohner des Ortes beobachteten Cariba mißtrauisch den ganzen Weg entlang, von den Seitenstraßen bis zur großen Avenida. Vielleicht wunderten sie sich über seine Koffer aus Kamelleder oder über sein kariertes Jackett und die blaue Samthose. Obwohl das die übliche Kleidung auf seinen vielen Reisen war, hielt er es für angebracht, jedem Mißverständnis vorzubeugen, das durch seine Anwesenheit unter ihnen entstehen könnte:
»Welche Stadt ist das hier?« fragte er und gab sich Mühe, mit größter Freundlichkeit zu sprechen.
Er kam nicht einmal dazu, nach den Frauen zu fragen, was er ursprünglich vorgehabt hatte. Er wurde mit Gewalt an den Armen gepackt und unsanft auf die nächste Polizeiwache gebracht:

»Das ist der Mann, den wir gesucht haben«, sagten sie zum Polizisten, einem breitschultrigen, grobschlächtigen Oberwachtmeister.

»Wir haben schon mehr als genug Vagabunden in dieser Stadt. Was hat Sie hierhergeführt?« fragte der Polizist.

»Nichts.«

»Dann sind Sie der Gesuchte. Wie ist es denn möglich, daß jemand ohne jeden Grund in eine ihm unbekannte Stadt fährt? Es sei denn, er ist ein Tourist.«

»Ich bin kein Tourist und will wissen, wo ich bin.«

»Das können wir Ihnen jetzt nicht verraten. Es könnte unsere Nachforschungen beeinträchtigen.«

»Und warum waren die Häuser auf dem Hügel geschlossen?« fügte der Unbekannte noch hinzu. Es ärgerte ihn, daß er so unhöflich behandelt wurde.

»Wenn wir diese Vorsichtsmaßnahme nicht ergriffen hätten, wären Sie nicht heruntergekommen.«

Cariba begriff zu spät, daß die verführerischen, kleinen, weißen Häuser nur eine Falle gewesen waren, um ihn ins Tal zu locken.

»Die Zeugen!« rief der Wachtmeister.

Ein Mann mit verwittertem Gesicht und ergrautem Haar wurde hereingeführt. Er verbeugte sich vor dem Staatsdiener und betrachtete den Gefangenen mit sichtlichem Widerwillen:

»Ich habe keine Angst vor Ihnen.«

»Ihr Mut imponiert uns wenig«, bemerkte der Oberwachtmeister trocken. »Halten Sie sich an das, was Sie gefragt werden und sagen Sie ohne Umschweife, ob Sie den da kennen.«

»Nein, ich habe ihn noch nie gesehen, aber ich glaube, er ist derjenige, der mich auf der Straße angesprochen hat.

Er bat mich um Auskünfte über unsere Bräuche und verschwand.«
Der Polizist wurde ungeduldig:
»Laßt die anderen Trottel reinkommen.«
Einige Männer sagten nacheinander aus, keiner aber deckte etwas auf. Die einen hatte der Fremde unwichtige Dinge gefragt wie:
»Ist diese Stadt neu oder alt?«
Anderen hatte er unangenehme Fragen gestellt wie:
»Wer hat hier die Macht?«
Viele hatten ihn von nahem gesehen, ohne daß der Verdächtige auch nur ein Wort mit ihnen gewechselt hätte. Nur in einem Punkt stimmten sie alle überein, sowohl die, die seine Stimme gehört hatten als auch die, die nur sein Gesicht gesehen hatten: sie konnten sein Äußeres nicht beschreiben. Sie wußten nicht, ob er groß oder klein war, welche Hautfarbe er hatte und in welcher Sprache er zu ihnen gesprochen hatte.
Schon war der letzte Zeuge gegangen, als der Wachtmeister frohlockend mit der Faust auf den Tisch schlug:
»Bringt die Viegas, die weiß Bescheid!«

Es vergingen zwei Stunden, bis die Frau kam. Sie betrat unbefangen den Raum, leicht geschminkte Lippen, gezupfte Augenbrauen und ein Lächeln, das Cariba sofort in sie verliebt machte.
Er erlag dem Zauber der Prostituierten, die ihn ihrerseits unentwegt ansah. So hörte der Fremde gar nicht, was sie sagte. Langsam aber kehrte er in die Wirklichkeit zurück und begann, aufmerksam ihrer Aussage zuzuhören.
»Ich wollte weglaufen, er packte mich aber an den Gelenken und fragte: ›Wie geht es deinem Vater? Wohnt er noch bei den alten Tanten?‹ Weil er keine Antwort

bekam, fragte er nach meinen Kindern. Nun wissen Sie ja sehr wohl, daß ich ledig bin und Vater, als er starb, allein wohnte. Deshalb war ich gleich mißtrauisch, noch bevor er ausgeredet hatte, und wollte mich losreißen. Es gelang mir nicht. Er hielt mich noch härter fest und zwang mich, mein Ohr an seine Lippen zu legen. ›Wir müssen uns verschwören‹, sagte er. Da ich hoffte, ich könnte ihn dazu bewegen wegzugehen, machte ich ihm klar, welcher Gefahr er sich aussetzte, wenn er mit einer so unerbittlichen Polizei wie der unseren zu tun bekäme. Ohne den geringsten Anflug von Furcht sagte er: ›Die Polizei ist nicht notwendig.‹«

Cariba beneidete glühend den Mann, der diese Frau umarmt hatte. Welch einen Körper hatte er gespürt!

Der Polizist gab sich noch nicht zufrieden mit dem, was er bisher gehört hatte:

»Erkennst du diesen Mann nun? Ist es derselbe, der dich auf der Straße umarmt hat?«

»Ich kann mich nicht an sein Gesicht erinnern. Aber sie sind alle gleich, einer wie der andere.«

Der Wachtmeister gab sich zufrieden. Er wandte sich an den Angeklagten und versicherte ihm, daß er, obwohl er genügend Beweise in der Hand habe, die Untersuchung abzuschließen, die Zeugen in seiner Gegenwart noch einmal anhören werde, was er in der Tat mit der ihm eigenen Grobheit auch machte:

»Also, ihr habt den Kerl gesehen und könnt ihn nicht einmal beschreiben, ihr Idioten!«

Außer der Viegas schwiegen alle. Sie aber heftete einen boshaften Blick auf den Unbekannten und bestätigte:

»Ja, er ist es.«

Die anderen fühlten sich nun ermutigt und sprachen auch. Sie wiederholten, was sie vorher gesagt hatten: sie erkannten den Gefangenen nicht wieder, aber es mußte derselbe sein, der ihnen so merkwürdige Fragen gestellt hatte.

Der Wachtmeister hatte schon seine Schlüsse gezogen, holte aber noch einmal aus:

»In dem Telegramm des Polizeihauptquartiers steht nichts über die Staatsangehörigkeit des Delinquenten, sein Aussehen, sein Alter und welche Verbrechen er begangen hat. Es heißt, es handle sich um einen höchst gefährlichen Mann. Er sei daran zu erkennen, daß er immer Fragen stelle, und heute sei er hier am Ort.«

Cariba war die Vorstellung, er könnte festgehalten werden, bis sich der Irrtum aufklären würde, nicht ganz geheuer. Er gab deshalb zu bedenken:

»Das ist doch alles völlig sinnlos. Ihr könnt mich nicht gefangenhalten aufgrund dessen, was ich gerade gehört habe. Ich bin erst vor wenigen Stunden hier angekommen, und die Zeugen behaupten, sie hätten mich schon in der letzten Woche zum ersten Mal gesehen!«

Der Wachtmeister unterbrach ihn:

»Das Kommuniqué des Sicherheitsorgans ist eindeutig und lautet wörtlich: ›Der Mann wird am 15. ankommen‹, d. h. heute, ›und ist zu erkennen an seiner übermäßigen Neugier‹.«

Der Polizist schloß die Verhöre ab mit der Behauptung, die vorgebrachten Aussagen genügten, um den Angeklagten zu belasten, er wolle jedoch nichts überstürzen. Er werde abwarten, bis jemand käme, gegen den sie mehr Beweise hätten, und der Cariba von allen Anklagen, die auf ihm lasteten, befreite.

»Soll das heißen, daß ich bis dahin die ganze Zeit im Gefängnis verbringen werde?«

Die Antwort des Wachtmeisters nahm ihm jede Hoffnung: er würde so lange im Gefängnis bleiben, bis man den wahrhaft Schuldigen gefunden habe.
Und wenn es den Schuldigen gar nicht gab?

Fünf Monate nach seiner Gefangennahme hat er keine Hoffnung mehr, das Gefängnis zu verlassen. Durch das Gitter beobachtet er die Menschen, die auf der Straße vorbeigehen. Sobald sie ihn sehen, beschleunigen sie ängstlich ihre Schritte.
Manchmal glaubt er zu sehen, daß sie die Mitgefangenen etwas fragen wollen und liegt auf der Lauer, begierig auf eine solche Gelegenheit wartend. Aber dann ist er bald enttäuscht. Sie öffnen den Mund, besinnen sich dann aber eines Besseren und entfernen sich hastig.
Die Frauen, denen diese Furcht fremd ist, gehen gewöhnlich zur Wache und bringen ihm Zigaretten. Es sind die schönsten Frauen, genau wie die, die er in jenem Dorf zu finden gehofft hatte. Sanft und schweigsam erkennen sie in seinen Augen die Verzweiflung, daß er sie nicht umarmen und ihren heißen Atem nicht spüren kann.

Es bleibt ihm nur, auf die Viegas zu warten. Sie kommt, verführerisch, parfümiert, am späten Nachmittag, um ihn zu sehen. Sie lächelt und sagt mit der immer gleichen Beständigkeit, die ihn weich werden läßt:
»Du bist es.«
Wenn sie sich verabschiedet – ihr Körper ist gespannt, der Schweiß steht auf ihrer Stirn – fühlt Cariba die ungeheure Macht jenes Gefängnisses.
Nachts geht er auf und ab. Und wenn er den Wächter erblickt, der auf seiner nächtlichen Runde nachsieht, ob

in den Zellen alles in Ordnung ist, läuft er zum nächsten vergitterten Tor, getrieben von einer schwachen Hoffnung:

»Hat heute einer eine Frage gestellt?«

»Nein. Du bist noch immer der einzige, der in dieser Stadt Fragen stellt.«

Der Ex-Zauberer der Taverne Minhota

Herr, neige deine Ohren und erhöre mich; denn ich bin elend und arm.
Psalm LXXXVI, 1

Heute bin ich Beamter, und das ist noch nicht einmal mein größter Kummer.
Eigentlich war ich nicht darauf vorbereitet zu leiden. Jeder Mensch, der ein gewisses Alter erreicht hat, kann dem Hereinbrechen von Langeweile und Bitterkeit begegnen, hat er sich doch von Kind auf durch langsam und ständig wachsende Unannehmlichkeiten an die Schicksalsschläge des Lebens gewöhnt.
In meinem Fall war das hingegen anders. Ich wurde ohne Eltern, ohne Kindheit oder Jugend ins Leben gestoßen.
Eines schönen Tages entdeckte ich vor dem Spiegel der Taverne Minhota, daß meine Haare leicht ergraut waren. Die Entdeckung erschütterte mich nicht weiter, ebensowenig war ich überrascht, als ich den Besitzer des Restaurants aus der Tasche zog. Er seinerseits war sprachlos und fragte mich, wie ich denn das zustandegebracht hätte.
Was hätte ein Mensch in meiner Lage antworten können, der nicht die leiseste Erklärung für seine Existenz auf dieser Welt fand? Ich sagte ihm, ich sei müde. Ich sei müde und gelangweilt auf die Welt gekommen.
Ohne über meine Antwort nachzudenken oder weitere Fragen zu stellen, bot er mir eine Stelle an, und von dem Augenblick an unterhielt ich die Kundschaft des Hauses mit meinen Zauberkünsten.

Es paßte ihm allerdings nicht, daß ich dazu überging, den Zuschauern Gratis-Mahlzeiten anzubieten, die ich auf geheimnisvolle Weise aus meinem Jackett hervorholte. Aus der Überlegung heraus, daß es nicht gerade das beste Geschäft für ihn war, wenn die Zahl der Kunden sich ohne entsprechenden Gewinnzuwachs erhöhte, stellte er mich dem Impresario des Park-Zirkus Andalusien vor, der sich erbot, mich anzustellen, nachdem er von meinen Künsten gehört hatte. Vorher warnte er ihn noch, er möge sich vor meinen Tricks in acht nehmen, denn niemand würde sich wundern, wenn es mir einfiele, Gratiskarten für die kommenden Vorstellungen zu verteilen.

Entgegen den Voraussagen meines ersten Arbeitgebers verhielt ich mich beispielhaft. Meine Vorführungen zogen nicht nur große Zuschauermengen an, sondern brachten den Inhabern des Unternehmens auch sagenhafte Gewinne ein.

Meistens empfing das Publikum mich kühl, vielleicht, weil ich ohne Frack und Zylinder auftrat. Wenn ich dann aber anfing, unwillkürlich Hasen, Schlangen, Echsen aus meinem Hut zu ziehen, waren die Anwesenden gefesselt. Besonders während der letzten Nummer, wenn ich zwischen meinen Fingern ein Krokodil hervorholte. Ich drückte darauf das Tier an den Extremitäten zusammen und verwandelte es in eine Ziehharmonika, auf der ich zum Abschluß der Vorstellung die Nationalhymne von Kotchinchina spielte. Von allen Seiten brach tosender Beifall über mich herein, während ich ungerührt dastand.

Der Manager des Zirkus beobachtete mich von weitem und ärgerte sich darüber, daß der Applaus mich kalt ließ. Besonders wenn er von kleinen Kindern kam, die mich während der Sonntagsmatineen sahen. Warum sollte mich das rühren? Ich konnte kein Mitleid empfinden mit jenen unschuldigen kleinen Gesichtern, die noch alle Leiden durchzustehen hatten, die unweigerlich mit dem Heranwachsen eines Menschen verbunden sind. Und ich war weit davon entfernt, sie etwa zu hassen, weil sie alles hatten, wonach ich mich sehnte und was ich vermißte: eine Geburt und eine Vergangenheit.

Mit zunehmender Popularität gestaltete sich mein Leben immer unerträglicher.
Wenn ich in einem Café saß und nachdenklich die Vorübergehenden betrachtete, zog ich Tauben, Möwen oder andere Wasservögel aus der Tasche. Die Menschen in meiner nächsten Umgebung brachen in kreischendes Gelächter aus, da sie glaubten, ich würde das mit Absicht tun. Ich blickte unterdessen melancholisch zu Boden und verwünschte die Vögel und die ganze Welt.
Wenn ich zerstreut die Hände öffnete, entglitten ihnen die merkwürdigsten Gegenstände. Bis ich eines Tages selbst überrascht war, als ich aus dem Ärmel meines Hemdes eine Figur nach der anderen hervorzog. Schließlich war ich umgeben von diesen eigenartigen Gestalten, ohne zu wissen, was ich mit ihnen anfangen sollte.
Ich tat gar nichts. Ich sah mich um und bat inständig um Hilfe, die von nirgendwoher hätte kommen können.
Eine peinliche Situation.
Fast jedes Mal, wenn ich das Taschentuch herauszog, um mir die Nase zu schneuzen, rief ich unter den Umstehenden Erstaunen hervor, denn zum Vorschein kam ein Laken. Wenn ich am Kragen meines Jacketts nestelte, entflog ihm unvermittelt ein Geier. Oder bei anderen Gelegenheiten, wenn ich meine Schuhe zuschnürte, wanden sich Schlangen aus meiner Hose hervor. Frauen und

Kinder schrien. Polizisten kamen gerannt, Neugierige liefen zusammen; kurz: es war ein Skandal. Ich mußte zur Wache und mir dort von dem Polizeibeamten in aller Geduld anhören, daß es verboten sei, auf öffentlichen Verkehrswegen Schlangen loszulassen.
Ich protestierte nicht. Schüchtern wies ich auf meine Eigenschaft als Zauberer hin und versicherte, ich hätte nicht die Absicht, jemanden zu belästigen.
Ja, und nachts, wenn ich einmal ruhig schlief, wurde ich plötzlich aufgeschreckt durch das Geräusch eines Vogels, der gerade flatternd aus meinem Ohr flog.
Bei einer dieser Gelegenheiten war ich so gereizt, daß ich beschloß, nie mehr zu zaubern, und mir die Hände abhackte. Es half nicht. Bei der ersten Bewegung, die ich machte, wuchsen sie neu und vollkommen wieder an den Armstümpfen an. Das konnte wirklich jeden zur Verzweiflung bringen, besonders einen Zauberer, der seines Berufes überdrüssig geworden war.

Es war allerhöchste Zeit, einen Ausweg aus meiner verzweifelten Lage zu finden. Nach reiflicher Überlegung kam ich zu dem Schluß, daß nur der Tod meinem Ungemach ein Ende setzen könnte.
Fest entschlossen, mein Vorhaben auszuführen, zog ich ein Dutzend Löwen aus der Tasche, verschränkte die Arme und wartete darauf, von ihnen gefressen zu werden. Sie taten mir nichts zuleide. Sie umkreisten mich, schnüffelten an mir, sahen in die Umgebung und gingen fort.
Am folgenden Morgen kamen sie zurück und stellten sich provozierend vor mich hin.
»Was wollt ihr denn, ihr dämlichen Tiere?« rief ich aufgebracht.

Sie schüttelten traurig ihre Mähnen und beschworen mich, ich möge sie wieder verschwinden lassen.
»Diese Welt ist so schrecklich langweilig«, schlossen sie.
Ich konnte meine Wut nicht beherrschen. Ich tötete sie alle und schickte mich an, sie zu verschlingen. Ich dachte, ich würde nun als Opfer einer fatalen Verdauungsstörung sterben.
Oh, Qual aller Qualen! Ich hatte entsetzliche Bauchschmerzen und blieb am Leben.
Daß auch dieser Versuch gescheitert war, vervielfachte meine Frustration. Ich verließ das Stadtgebiet und machte mich auf in die Berge. Als ich den höchsten Punkt über einem dunklen Abgrund erreicht hatte, überließ ich meinen Körper der Leere.
Ich spürte nur flüchtig die Nähe des Todes: dann wurde ich von einem Fallschirm aufgefangen. Es gelang mir mit Mühe, zerschunden von Steinen, schmutzig und zerfetzt in die Stadt zurückzukehren, wo ich als erstes eine Pistole erstand.
Zu Hause im Bett hob ich die Waffe ans Ohr. Ich zog den Hahn und wartete auf den Knall und den Schmerz, den die Kugel beim Eindringen in meinen Kopf verursachen würde.
Es fiel weder ein Schuß noch trat der Tod ein: die Waffe hatte sich in einen Bleistift verwandelt.
Schluchzend ließ ich mich auf den Boden rollen. Ich, der ich andere Wesen erschaffen konnte, fand weder Mittel noch Wege, mich von meiner eigenen Existenz zu befreien.
Eine Bemerkung, die ich zufällig einmal auf der Straße gehört hatte, gab mir neue Hoffnung, endlich mit meinem Leben Schluß machen zu können. Ich hatte von

einem betrübten Mann gehört, daß Beamter zu sein einem langsamen Selbstmord gleichkäme.
Ich sah mich nicht in der Lage, nun zu entscheiden, welche Form des Selbstmords mir am genehmsten sei, ob ein langsamer oder schneller Tod. Deshalb beschloß ich, in einer Behörde zu arbeiten.

1930 war ein bitteres Jahr. Es verging langsamer als all die Jahre nach der Entdeckung meiner Existenz vor dem Spiegel in der Taverne Minhota.
Und ich starb nicht, wie ich gehofft hatte. Meine Betrübnis wurde größer, mein Kummer nahm zu.
Als Zauberer hatte ich wenig mit Menschen zu tun gehabt – die Bühne distanzierte mich von ihnen. Jetzt aber war ich zu ständigem Kontakt mit meinesgleichen gezwungen, mußte sie verstehen und den Ekel verhehlen, den sie mir verursachten.
Das schlimmste war, daß ich sehr wenig zu tun hatte und stundenlang herumsaß. Und die Untätigkeit ließ mich aufbegehren gegen die Tatsache, daß ich keine Vergangenheit hatte. Warum hatte nur ich unter allen Lebenden, die um mich waren, nichts, woran ich mich hätte erinnern können? Meine Tage zogen verschwommen an mir vorbei, vermischt mit einigen ärmlichen Erinnerungen, dem lächerlichen Resultat eines drei Jahre alten Lebens.
Als ich mich in eine Angestellte aus meinem Zimmer verliebte, lenkte mich das etwas von meinen Kümmernissen ab.
Es war nur eine kurze Ablenkung. Bald stellte sich meine Ruhelosigkeit wieder ein, und Ungewißheit quälte mich. Wie sollte ich mich meiner Kollegin erklären? Ich hatte doch noch nie eine Liebeserklärung abgegeben, ge-

schweige denn überhaupt je eine Erfahrung in der Welt der Gefühle gemacht!

Das Jahr 1931 begann betrüblich. In der Behörde wurden Massenentlassungen angedroht, und die Stenotypistin schenkte mir kein Gehör. Angesichts des Risikos einer Entlassung versuchte ich meine Interessen vorsichtig gegeneinander abzuwägen. (Die Stellung war mir nicht wichtig. Ich fürchtete nur, fern von jener Frau leben zu müssen, die mich abgewiesen hatte, deren Anwesenheit mir jetzt aber unentbehrlich geworden war.)

Ich begab mich zum Abteilungsleiter und erklärte ihm, ich könne nicht entlassen werden, da ich seit zehn Jahren dort angestellt und damit unkündbar geworden sei.

Er sah mich eine Weile schweigend an. Dann sagte er unwirsch, er sei einigermaßen verblüfft über meine Frechheit. Er hätte nie erwartet, daß jemand, der seit einem Jahr dort arbeite, es wagen könnte, einfach zu behaupten, er sei seit zehn Jahren dort angestellt.

Um ihm zu beweisen, daß ich nicht unbedacht handelte, suchte ich in meinen Taschen nach Dokumenten zur Stützung meiner Behauptung. Zu meinem Erstaunen zog ich nur ein zerknülltes Stück Papier hervor; es war das Fragment eines Gedichtes, zu dem mich die Brüste der Stenotypistin inspiriert hatten.

Beunruhigt wühlte ich alle Taschen durch, fand aber nichts.

Ich mußte meine Niederlage eingestehen. Ich hatte zu sehr auf meine Fähigkeit zu zaubern vertraut. Die Bürokratie hatte sie zunichte gemacht.

Ohne die alten, wunderbaren Gaben des Magiers bin ich heute außerstande, von der schlimmsten aller menschlichen Beschäftigungen zu lassen. Ich vermisse die Zuneigung meiner Kollegin und habe keine Freunde. So bin ich gezwungen, an einsamen Orten spazierenzugehen. Häufig werde ich beobachtet, wenn ich versuche, mit den Fingern irgend etwas aus meiner Kleidung hervorzuziehen, etwas, was niemand, auch unter größter Anstrengung, sehen kann.

Man hält mich für verrückt, besonders, wenn ich diese kleinen Dinge in die Luft werfe.

Mir scheint, eine kleine Schwalbe entflattert meinen Händen. Ich seufze laut und tief.

Die Illusion aber ist kein Trost für mich. Sie bewirkt lediglich, daß ich es noch mehr bereue, nicht eine ganze magische Welt erschaffen zu haben.

Für Augenblicke stelle ich mir vor, wie wunderbar es wäre, wenn ich aus meinem Körper rote, blaue, weiße oder grüne Tücher hervorziehen würde. Wenn ich die Nacht mit Feuerwerk erleuchten könnte. Das Gesicht dem Himmel zuwendete und meinen Lippen einen Regenbogen entgleiten ließe. Einen Regenbogen, der die Erde von einem Horizont zum andern überwölbte. Und es gäbe Beifall von weißhaarigen Menschen und sanften kleinen Kindern.

Die Drachen

> Ich bin ein Bruder der Schakale und ein Geselle der Strauße.
>
> *Hiob XXX, 29*

Die ersten Drachen, die in unserer Stadt auftauchten, hatten sehr unter unseren rückständigen Bräuchen zu leiden. Sie erhielten eine dürftige Ausbildung, und ihre moralische Unterweisung wurde unwiderruflich beeinträchtigt durch die absurden Diskussionen, die seit ihrer Ankunft unter uns ausgebrochen waren.

Nur wenige konnten sie verstehen, und die allgemeine Ignoranz bewirkte, daß wir, noch bevor wir mit ihrer Erziehung begannen, uns in widersprüchlichen Vermutungen über ihre Herkunft und ihre Rasse ergingen.

Die erste Kontroverse wurde durch den Pfarrer ausgelöst. Da er davon überzeugt war, daß sie trotz ihrer sanften und umgänglichen Erscheinung nichts als Abgesandte des Teufels seien, gestattete er mir nicht, mich um ihre Erziehung zu kümmern. Er gab statt dessen die Anweisung, sie in einem alten Haus einzuschließen, das vorher exorziert worden war und zu dem niemand Zugang hatte.

Als er seinen Irrtum schließlich bereute, hatte sich die Polemik schon eine Zeitlang hingezogen. Der alte Schriftgelehrte bestritt, daß sie Drachen seien, »etwas Asiatisches, aus Europa importiert«. Ein Zeitungsleser, der verschwommene wissenschaftliche Vorstellungen und einige Jahre Mittelschulbildung hatte, sprach von vorsintflutlichen Ungeheuern. Das Volk bekreuzigte sich und sprach von »Mulas-ohne-Kopf«* und Werwölfen. Nur die Kinder, die heimlich mit unseren Gästen spielten, wußten, daß die neuen Gefährten schlichtweg Drachen waren. Man hörte allerdings nicht auf sie.

Erschöpfung und die verstreichende Zeit brachen die Halsstarrigkeit von vielen unter uns. Auch wenn sie von ihrer Überzeugung nicht abgingen, vermieden sie es wenigstens, das Thema anzuschneiden.

Nach kurzer Zeit nahmen sie es jedoch wieder auf. Anlaß dazu war der Vorschlag, die Drachen als Zugtiere für Fahrzeuge zu verwenden. Die Idee erschien allen gut, aber es gab harte Auseinandersetzungen, als es darum ging, die Tiere aufzuteilen. Es gab einfach weniger Tiere als Anwärter darauf.

Der Pfarrer wollte die Diskussion, die sich immer mehr ausgedehnt hatte, ohne daß es zu praktischen Ergebnissen gekommen wäre, abschließen und machte einen Vorschlag: die Drachen sollten am Taufbecken Namen erhalten und alphabetisiert werden.

Bis zu jenem Augenblick hatte ich mich klug im Hintergrund gehalten, um die Gemüter nicht noch mehr zu erhitzen. Wenn mir aber in diesem Moment die Ruhe fehlte und ich dem guten Mann der Gemeinde nicht den gebührenden Respekt zollte, dann kann ich zu meiner Entschuldigung die allgemeine Aufregung anführen. Ich war dermaßen aufgebracht, daß ich meinem Ärger Luft machen mußte:

»Es sind doch Drachen! Die brauchen keine Namen und keine Taufe.«

Der Pfarrer war erstaunt über mein Verhalten, da ich

* »Mula-ohne-Kopf« werden im Volksmund Frauen genannt, die ein Verhältnis mit einem Priester haben; zur Strafe erscheinen sie nachts – ähnlich den Werwölfen – als Mula und erschrecken die Bevölkerung . . .

sonst nie aus dem Rahmen fiel. Er gab nach und verzichtete auf die Taufe. Ich antwortete meinerseits mit einer ähnlichen Geste: ich willigte in die Namensgebung ein.

Als mir die so lange schon vernachlässigten Drachen zur Erziehung übergeben wurden, begriff ich das Ausmaß meiner Verantwortung. Die meisten litten inzwischen an unheilbaren Krankheiten, und einige starben auch daran. Zwei überlebten. Es waren leider die, die am meisten verdorben waren. Sie waren gerissener als ihre Brüder. Sie brachen nachts aus und betranken sich in der Kneipe. Der Besitzer des Lokals amüsierte sich, wenn sie betrunken waren, und nahm ihnen nicht einmal Geld ab für die Getränke. Nach einigen Monaten fand er die Szene nicht mehr so unterhaltsam und verweigerte ihnen jeglichen Alkohol. Um ihrem Laster Genüge zu tun, behalfen sie sich mit kleinen Diebstählen.
Ich hielt es jedoch für möglich, sie zu resozialisieren, und meinte alle jene Skeptiker widerlegen zu können, die an den Erfolg meiner Mission nicht glauben wollten. Ich nutzte meine Freundschaft zum Polizeiwachtmeister, um sie aus dem Gefängnis zu holen, wo sie immer wieder aus den gleichen Gründen hingeschafft wurden: Raub, Trunkenheit, Ruhestörung.
Da ich noch nie Drachen unterrichtet hatte, verbrachte ich die meiste Zeit damit, sie nach ihrer Vergangenheit, ihrer Familie und den Erziehungsmethoden in ihrem Heimatland auszufragen. Die aufeinanderfolgenden Verhöre, denen ich sie unterwarf, lieferten mir nur begrenzt Material. Da sie als junge Tiere in unsere Stadt gekommen waren, konnten sie sich nur verschwommen an alles erinnern, auch an den Tod der Mutter, die kurz nach der

ersten Bergbesteigung in einen Abgrund gestürzt war. Meine Aufgabe wurde noch dadurch erschwert, daß meine Schüler, außer einem schwachen Erinnerungsvermögen, ständig schlecht gelaunt waren, weil sie nachts schlecht schliefen und nach ihren Besäufnissen einen Kater hatten.

Die anhaltende Ausübung des Lehrberufes und meine Kinderlosigkeit trugen dazu bei, daß ich ihnen mit väterlichem Beistand entgegenkam. So zwang mich in ihren Augen auch eine gewisse Redlichkeit, über Fehler hinwegzusehen, die ich anderen Schülern nicht verziehen hätte.

Odorico, der ältere der beiden Drachen, verursachte mir die größten Unannehmlichkeiten. Er war entwaffnend sympathisch und boshaft und geriet in höchste Aufregung, wenn Röcke in der Nähe waren. Ihretwegen und vor allem wegen eines ihm angeborenen Hanges zum Herumstrolchen schwänzte er den Unterricht. Die Frauen fanden ihn witzig, und es gab eine, die sich in ihn verliebte und ihren Mann verließ, um mit ihm zusammenzuleben.

Ich tat alles, um dieses sündhafte Verhältnis aufzulösen, aber es gelang mir nicht, sie zu trennen. Ihr Widerstand war stumm und undurchdringlich. Meine Worte verloren auf dem Weg zu ihnen ihren Sinn: Odorico lächelte Rachel an, und sie beugte sich beruhigt wieder über die Wäsche, die sie gerade wusch.

Kurze Zeit später fand man sie weinend neben der Leiche ihres Liebhabers. Man schrieb seinen Tod dem zufälligen Schuß eines Jägers zu, der wahrscheinlich schlecht gezielt hatte. Der Blick des Ehemannes widerlegte diese Version.

Nach Odoricos Tod wandten meine Frau und ich alle unsere Liebe dem letzten Drachen zu. Wir setzten uns für seine Rehabilitierung ein, und es gelang uns, ihn vom Trinken zu heilen. Kein Kind hätte uns jemals entschädigt für das, was wir mit liebevoller Ausdauer erreicht hatten. João war sanft im Umgang, lernte eifrig, half Joana bei der Hausarbeit und trug die Einkäufe vom Markt nach Hause. Nach dem Abendessen saßen wir auf der Veranda und beobachteten ihn, wenn er ausgelassen mit den Nachbarkindern spielte. Er trug sie auf dem Rücken und schlug Purzelbäume.
Als ich eines Abends von einer Elternversammlung zurückkam, war meine Frau sehr besorgt: João hatte gerade Feuer gespuckt. Auch ich war bekümmert, und ich begriff, daß João mündig geworden war.
Statt Furcht zu verbreiten, wurde er noch beliebter unter den Mädchen und Jungen bei uns. Nur verbrachte er jetzt nicht mehr viel Zeit zu Hause. Er war umgeben von vergnügten Scharen, die ihn baten, er möge Feuer speien. Seine Eitelkeit wurde angeheizt durch die Bewunderung der einen, die Geschenke und Einladungen der anderen. Kein Fest war ein Erfolg ohne seine Anwesenheit. Sogar der Pfarrer legte Wert darauf, daß João vor den Buden auftrat, wo Souvenirs mit dem Schutzheiligen der Stadt verkauft wurden.

Drei Monate vor der großen Überschwemmung, die die Gemeinde heimsuchte, versetzte ein kleiner Zirkus den Ort in Aufregung. Waghalsige Akrobaten, urkomische Clowns, gezähmte Löwen und ein Feuerschlucker begeisterten uns. Während einer der letzten Vorführungen des Zauberers unterbrachen einige junge Leute schreiend und mit rhythmischem Klatschen die Vorstellung:

»Wir haben etwas Besseres! Wir haben etwas Besseres!«
Da der Ansager das für einen jugendlichen Scherz hielt, nahm er die Herausforderung an und rief zurück:
»Dann soll das Bessere nur kommen!«
Vor den enttäuschten Blicken des Ensembles und unter dem Beifall der Zuschauer betrat João die Arena und zeigte sein bekanntes Heldenstück: das Feuerspeien.
Schon am folgenden Tag erhielt er verschiedene Angebote, im Zirkus zu arbeiten. Er lehnte sie alle ab, denn schwerlich hätte ihm das sein Ansehen, das er am Ort genoß, ersetzen können. Er nährte sogar die Hoffnung, eines Tages zum Bürgermeister gewählt zu werden.
Aber dazu kam es nicht. Einige Tage nach Abfahrt der Zirkusleute stellte sich heraus, daß João geflohen war.
Die verschiedensten und phantasievollsten Versionen kursierten über sein Verschwinden. Man erzählte sich, er habe sich in eine Trapezkünstlerin verliebt, die man eigens dazu angehalten hatte, ihn zu verführen; er habe angefangen, Karten zu spielen, und würde wieder trinken.
Was auch immer der Grund gewesen sein mag, seitdem sind noch viele Drachen auf unseren Straßen vorbeigezogen. Und so sehr ich und meine Schüler darauf bestehen, sie möchten hierbleiben, erhalten wir keine Antwort. In langen Schlangen begeben sie sich zu anderen Orten, ohne unsere Anrufe zu beachten.

Das Haus der Roten Sonnenblume

Ihr seid das Salz der Erde. Wo nun das Salz dumm wird, womit soll man's salzen?

Matthäus V, 13

Die Begeisterung war ansteckend. Fieberhaft. Eine unbefangene Freude lag auf den Gesichtern, die am Vorabend noch niedergeschlagen gewesen waren. Was vorher und nachher geschah, werden wir später erzählen. Aber das ist auch nicht so wichtig. Was zählt, war die unbändige Freude an jenem Morgen.

Xixiu sah nur kurz hinaus und schon war er betört von der Landschaft. Sie wirkte wie ein Ungeheuer. Vom Fenster aus schrie er ins Weltall, das sich außer ihm und meiner Schwester Belsie noch aus vier weiteren Menschen zusammensetzte.

»Nanico, du Spitzbube. Du bist wohl gerade am Lieben, was, du beschwanztes Tier?!«

Nanico nahm schnell die Hände von Belinhas Brust und antwortete unbeholfen:

»Ja.«

Nur Belinha, der der Garten und die Hände ihres Freundes gefielen, war nicht zufrieden mit der Unterbrechung durch ihren Bruder Xixiu. Sie verbarg aber ihre Gereiztheit. Niemand war an jenem Tag böse. Unbefangen drehte sie sich zu mir um, ich küßte gerade in einer Ecke die sanfte Marialice, und schlug vor:

»Wollen wir tauschen, Surubi, du kommst zu mir und dein schwachsinniger Bruder tut sich mit meiner heuchlerischen Schwester zusammen.«

Bei einer anderen Gelegenheit wäre der Vorschlag abgewiesen worden, und es hätte sich ein Streit entfacht. Aber an jenem heißen Morgen brannte eine erbarmungslose Sonne auf das Haus der Roten Sonnenblume mit seinen endlosen Gärten, weit weg von der Stadt und der übrigen Welt. Es strahlte grenzenlose Freude aus.
Der Wechsel fand ohne weitere Kommentare statt, während Xixiu, der Belsie an den Händen zog, das Haus funkensprühend verließ:
»Meine Schwestern sind nicht, was ihr denkt, Lumpenpack, ihr! Ach, wenn doch der alte Simon noch lebte!«
Und aufgeregt stieß er hervor:
»Eine Schande! Denkt ihr vielleicht, sie sind so wie eure Schwestern?«
Für einen Augenblick hatten seine Funken mich getroffen, und mit der ganzen Wucht meiner neunzig Kilo landete ich meine Faust in seinem Gesicht.
Er fiel lachend zu Boden. Unverschämterweise lachte auch Belsie. Wir lachten alle – Belinha schloß meinen Mund mit ihrem Lachen und ihren Küssen.
Ihre Schwester, die von solch groben Gefühlsergüssen nichts hielt, schlug mit sanfter Stimme vor, wir sollten zum Stausee fahren.
Xixiu war der erste, der zustimmte. Er wartete nicht einmal, bis wir uns beruhigten. Er nahm seine Frau auf den Rücken und rannte im Galopp auf die kleine Straße. Wir faßten uns an der Hand und liefen hinter ihm her. Nanico, der an die Sinnlichkeit von Belinha gewöhnt war, kam als letzter, gehemmt durch die schwebende, abwesende Art von Marialice.

Wir ruhten uns ein bißchen auf der Wiese aus, die den Stausee umgab. Nur ein kleines bißchen, denn meine

Begleiterin zog sich aus und zwang mich dadurch, es ihr nachzutun und auch ins Wasser zu springen. Als die anderen Pärchen beschlossen, das gleiche zu tun, war Belinha schon ermattet von ihrem Herumtoben im Wasser und machte mir vom Ufer aus Zeichen, ich sollte herauskommen.

Es dauerte eine Weile, bis mir das gelang, denn jedes Mal, wenn ich versuchte, auf die Wiese zu klettern, trat sie mir auf die Hände, und ich mußte zurückweichen. Erst als ich auf die gegenüberliegende Seite schwamm, konnte ich aus dem Wasser steigen. Ich sprang ans Ufer und lief wütend auf sie zu, entschlossen, sie zu schlagen. Ich umfaßte ihren Körper, der noch naß war, und drückte sie voller Kraft. Sie seufzte und beschimpfte mich. Wir rollten auf das weiche Gras.

Wir waren völlig mit uns selbst beschäftigt, als Xixiu uns plötzlich an die Vergangenheit erinnerte.

»Unmoralisches Gesindel! Wenn der alte Simon noch lebte, gäbe es jetzt hier eine Schießerei.«

Belinha erschrak und von Angst gepeinigt murmelte sie zwischen den Zähnen noch einmal die Worte des Bruders: »Wenn der Alte noch lebte . . .« Sie wiederholte den Satz wieder und wieder, wand sich in Krämpfen, dem Wahnsinn verfallen, und drückte ihre Brüste gegen meine Brust. Sie gab ihren Worten den Ausdruck höchsten Verlangens, während sie hin und wieder ihre Lippen auf meinen Mund preßte:

»Der alte Simon, das Ungeheuer. Er ist begraben, unwiederbringlich verloren im ekelhaften Mund der Würmer. Sie haben keinen Mund, keine Lippen, gar nichts, aber der Henker, der stinkende, ist ein für allemal verloren.« (Sie sagte das alles laut und dabei tobte sie ihre Genugtuung über den Tod des Alten an meinem Körper aus.)

Wir waren alle von einem diabolischen Funken berührt worden, der uns in der Lust begierig das Vergessen unserer Verzweiflung aus vergangenen Zeiten suchen ließ.
Xixiu hatte die Grenzen der Halluzination überschritten. Wie ein grimmiger Riese stand er aufrecht da und schleuderte seine Herausforderung von sich:
»Alter Simon, verfluchter Satan! Deine Leiche wird Dünger für unsere Zwiebeln sein!«
Er rief Schimpfwörter, beschmutzte das Andenken des Verstorbenen und tauchte im Stausee unter. Weiter vorn tauchte er wieder auf, sein Gesichtsausdruck hatte sich verhärtet. Gleich darauf verschwand er wieder in einer Biegung. Wir achteten nicht weiter auf ihn. Er würde bald zurückkehren und die Qualen vergessen haben, die wir jahrelang unter unserem Adoptivvater erlitten hatten.

Ach, wenn der alte Simon noch lebte. Dieses widerliche, heuchlerische, puritanische Schwein!
Solange seine Frau, Dona Belisaria, noch lebte, ging alles gut. Wir sehnten uns nicht nach dem Dorf, wo wir bei unseren Familien gehungert hatten. Eine gute Frau. Sie hatte uns aus dem Elend herausgeholt, um uns aufzuziehen und sich über ihre Kinderlosigkeit hinwegzutrösten.
Wenn wir zu viele Dummheiten anstellten, sah Simon, ein kräftiger, grobschlächtiger Bauer, uns aus dem Augenwinkel an, seine boshaften Gedanken verbergend. Seine Frau duldete jedoch nicht, daß er uns die gleiche Behandlung zukommen ließ wie den Angestellten, die er oft mit der Peitsche schlug.
Jahre später, nach dem Tod der Alten, begann ihr Mann, uns zu verfolgen. Als erstes wurden wir von den Mäd-

chen getrennt. Nanico und ich durften uns nicht einmal mehr unserer eigenen Schwester nähern.
Um uns mit ihnen zu unterhalten, mußten wir sie heimlich besuchen, während alle im Haus schliefen. Eines Nachts wurde Xixiu, der rebellischste von uns allen, der sich mit diesem Verbot nicht abfinden wollte, während einer Unterhaltung mit Belsie im Schlafzimmer der Mädchen überrascht. Der alte Simon machte einen fürchterlichen Aufstand, und am folgenden Tag ließ er einen Priester holen, der die beiden verheiratete.
»Ich bin ein Mann strenger moralischer Grundsätze und dulde nichts Unmoralisches in meinem Haus.«
Nie sollte Xixiu, der gerade neunzehn geworden war, ihm diese Bemerkung und die vorzeitige Heirat verzeihen. Seit langem hatten er und meine älteste Schwester davon geträumt, wie sie als Verlobte leben würden. In ihrem Wahn hatten sie besonders vom Brautkleid mit Brautkranz und Schleier geschwärmt, die Belsie auf ihrer Hochzeit tragen würde.
Um die Empörung meines Schwagers noch auf die Spitze zu treiben, erlaubte der Alte den Jungverheirateten nicht, zusammen zu schlafen, sondern bestand weiter auf dem Verbot, daß wir die Mädchen nicht sehen durften.
Von da ab beschimpften die beiden sich bei dem kleinsten Anlaß. Bei einer dieser Auseinandersetzungen behauptete Xixiu, Dona Belisaria sei als Jungfrau gestorben, weil ihr Mann den sexuellen Akt für sündhaft hielte. Da verbissen sich die beiden wutentbrannt ineinander.
Es war ein harter Kampf. Obwohl Xixiu schwächer war als sein Gegner, gab der Junge Simon, der viel kräftiger war, wenig Gelegenheit, einen Vorteil über ihn zu gewinnen. Wir bewunderten von weitem die Tapferkeit unseres Freundes. Wenn ich in den Kampf verwickelt

worden wäre, hätte ich schon Schluß gemacht mit Simon, was nicht weiter schwer gewesen wäre, angesichts meiner Riesengröße. Ich für mein Teil bewegte mich nur bedächtig und verbrachte meine Zeit, wenn ich frei hatte, gern damit, die sanften Augen von Marialice zu betrachten.
Seit zwei Stunden schon lagen sie miteinander im Schwitzkasten. Wir fühlten, daß mein Schwager schwächer wurde. Er begann zu verlieren, wir mischten uns jedoch nicht in den Kampf ein.
Dann aber, als Xixiu plötzlich von einem heftigeren Schlag getroffen hinfiel, ging ich auf den Alten zu und verpaßte ihm ein Dutzend Fausthiebe ins Gesicht. So viel brauchte er gar nicht. Ein Hieb hatte gereicht, um ihn unschädlich zu machen. Mit den restlichen Schlägen fiel er bewußtlos zu Boden.
Wir jubelten. Wir hoben Xixiu auf, faßten uns an der Hand und tanzten zusammen um den Geschlagenen herum. Wir warteten darauf, daß er wieder zu sich käme. Als er zu Bewußtsein kam, rührte er sich nicht. Er beschränkte sich darauf, uns wütend anzusehen. Wir tanzten weiter, den ganzen Nachmittag lang. (Alle frohen Ereignisse in unserem Leben wurden mit gemeinsamem Tanz gefeiert.)

Simons Rache ließ nicht lange auf sich warten. In derselben Nacht kam er heimlich mit zwei Angestellten in mein Zimmer und ließ mich geknebelt auf den Hof bringen.
Ich wurde an einen Baum gefesselt und windelweich geschlagen. Xixiu und Nanico fanden mich am nächsten Morgen. Ich war noch angebunden, mein Körper war voller Wunden und Spuren getrockneten Blutes. Sie verbanden mich und brachten mich in das Haus zurück.

Ich verbrachte einige Tage zutiefst erbost im Bett und schmiedete Pläne. Ich wollte mich fürchterlich rächen, sobald ich wieder aufstehen könnte. Ich würde den Alten mit Fußtritten fertigmachen, darauf konnte er gefaßt sein. Mein Bruder versuchte, mich davon abzubringen. Simon lief nur noch bewaffnet und in Begleitung eines sehr kräftigen Negers herum.

Der Groll zerfraß mich. Ich beobachtete die kleinsten Bewegungen unseres Adoptivvaters. Ich ging jeden Tag frühmorgens mehrere Male an der Tür zu seinem Zimmer vorbei. Sie war immer von dem Schwarzen bewacht. Ach, wenn ich sie doch nur im Schlaf überraschen könnte. Ich würde sie beide töten.

Dieser stumme Krieg dauerte drei Jahre. Bis der Alte eines Tages an Herzversagen starb. Kaum hatten wir davon erfahren, liefen wir zum Zimmer der Mädchen, die jetzt frei waren von der Alten, die sie bewacht hatte.

Und wir fingen an zu feiern. Als erste fesselten wir die Frau, dann nahmen wir uns den Neger vor. Wir trugen Simons Bett in den Garten und legten die Leiche darauf. Wir steckten eine rote Rose zwischen seine Hände und spuckten ihm ins Gesicht.

Zuerst versohlten wir die Frau. Ich hatte befohlen, den Schwarzen loszulassen: ich wollte ihn mir allein und ungefesselt vornehmen.

Als er sah, daß er nur einen Gegner vor sich hatte, frohlockte er. Aber nicht lange. Mit der ganzen Wut, die in der Erinnerung an seinen Herrn in mir aufstieg, schlugen meine Fäuste auf seinen Körper und sein Gesicht ein. Das machte ihm klar, daß er verloren war.

Nachdem der Schwarze liquidiert war und ausgestreckt auf dem Boden lag, nahmen wir unseren Tanz von vor drei Jahren wieder auf. Wir tanzten und sangen, bis die

Nacht über uns hereinbrach, und wir völlig erschöpft waren. (Xixiu schrie und wand sich in Krämpfen.)

Das war am Abend vorher. Jetzt war die Freude ungebändigt. Wir traten das Andenken des alten Simon mit Füßen und lästerten über die Vergangenheit. Am Vortag hatten wir sein Totengesicht bespuckt.

Die Stunden waren verstrichen, ohne daß wir es gemerkt hatten. Auch das Delirium, das uns an jenem Nachmittag befallen hatte, war verflogen. Die Nacht begann schon vorzudringen.

Belinha, die sinnliche Belinha mit den weißen Brüsten, bedeckte schweigend ihre Blöße. Ihr wehmütiger, zerstreuter Blick vermied meinen unbekleideten Körper. Wir waren verlegen und besorgt, weil Nanico und Marialice euphorisch in gegenseitiger Betrachtung versunken waren. Meine unstete Schwester tauchte auf und verschwand wieder zwischen den Büschen, die weiter vorn den Stausee umgaben. Sie suchte den heroischen Verrückten. Er zettelte oft solche Spielereien an: sein außer Kontrolle geratenes Hirn verlangte nach heftiger, körperlicher Anstrengung.
Eine böse Vorahnung fuhr Belsie durch den Kopf, und sie erschreckte uns alle mit einem fürchterlichen Schrei:
»Uuuuh, Xixiu! Komm zurück, du Teufel!«
Sie schrie weiter und riß uns damit aus unserer augenblicklichen Erstarrung. Wir rannten zu ihr und liefen zusammen einige Male um den Stausee.
Dann gaben wir auf. Er würde nie mehr zurückkommen.
Es war schon tiefe Nacht, und wir alle waren nun sicher, daß Xixiu sich aufgemacht hatte, Simon entgegenzutre-

ten. Wir beneideten ihn um den glorreichen Kampf, den wir nicht sehen würden, um die Schreie, die er ausstoßen würde, wenn er den alten Henker vernichtete.
Wir mußten Belsie mit uns fortziehen. Sie wollte nicht aufgeben. Ihr von tiefem Schmerz gezeichnetes Gesicht und ihre bleichen Lippen schrien nach ihrem Mann: »Komm zurück, Xixiu. Komm zurück.«
Die Stimme hatte ihre anfängliche Wildheit verloren und aus ihrer Kehle brachen Gebete hervor.

Wir kehrten müde zurück, mit angespannten Gesichtern. Die Abwesenheit von Xixiu, eine schwere Abwesenheit, erdrückte uns. Mit dem Fortgang unseres großen Gefährten waren auch die heldenhaften Jahre des Widerstandes gegen Simon dahin. Jetzt würde er allein kämpfen, ohne unseren Beistand, ohne unseren Beifall. Aber er würde siegen.
Unser Schweigen war nichts als das ängstlich unterdrückte Verlangen, seinen Spuren zu folgen und dem letzten Kampf beizuwohnen. Niemand aber konnte sich dazu aufraffen.

Er war im Stausee geblieben.
Von jenem Tag an würde die Erinnerung an ihn uns mit Blindheit schlagen. Das Haus der Roten Sonnenblume würde über den eigenen Ruinen zusammenfallen. (Wer würde nun Funken sprühen und uns zu den entscheidenden Kämpfen aufrufen, zum großen Aufschrei der Revolte?)
Wir wußten, daß nichts mehr wichtig sein würde, Gewalt und Leidenschaft wären sinnlos. Eine nichtssagende Zukunft erwartete uns: Belsie würde ostentativ in ihrer Stummheit versinken. Marialice und Nanico – zwei

Idioten – würden sich endlos gegenseitig betrachten, ohne aus eigenem Antrieb mit der Welt brechen zu können. Belinha würde ohne die Zurufe ihres Bruders das Aufblühen ihres Körpers nicht fühlen und die Frucht der Empfängnis für sich behalten. Und ich, ein ungehobelter Riese, würde dahinleben und die Arme hängen lassen.

In der Ferne pfiff ein Zug, und als er an uns vorbeifuhr, hinterließ er einen Funkenteppich. Silberne kleine Quadrate hüpften aus den folgenden Wagen. Voller Menschen. Außer uns gab es noch andere auf der Welt.

Wir mußten etwas tun. Entschlossen lief ich auf die Straße, schnitt den Freunden den Weg ab und forderte sie auf anzuhalten.

Mit geballten Fäusten rief ich alle auf zum Kampf, der sich gegen den Schatten des alten Simon richten würde. Ich entwickelte Pläne für unseren Feldzug, drohte und schrie. Aber meine Stimme erstarb langsam.

Sie sahen mich stumm an, auf ihren Gesichtern lag keine Hoffnung. (Xixiu war wirklich tot.)

Ich gab mich geschlagen. Es war sinnlos zu kämpfen. Alles war zerstört.

Ich spürte den Widerstand der anderen, ich war gedemütigt. Zärtlich wandte ich mich an Belinha und sagte gerührt:

»Dies war der letzte Tag.«

Sie antwortete nicht. Ihr ausdrucksloser, verschleierter Blick war nach oben gerichtet. Dann sah sie auf ihren Bauch herab, wo die ersten Blätter einer winzigen roten Sonnenblume zu knospen begannen.

Der Mann mit der grauen Mütze

> Ich, Nebukadnezar, da ich gute Ruhe hatte in meinem Hause und es wohl stand auf meiner Burg.
>
> *Daniel IV, 1*

Schuld hatte der Mann mit der grauen Mütze. Bevor er kam, war unsere Straße die ruhigste Ecke in der ganzen Stadt. Es gab einen breiten Fußgängerstreifen, auf dem die Kinder spielten. Lebhafte Kinder. Sie füllten mit fröhlichem Lärm die grauen Winterabende, sangen im Kreis oder sprangen von einem Baum zum andern.

Unsere Unruhe begann eines Morgens, als wir von ungewohntem Lastwagenlärm aufgeweckt und schwere Kisten vor dem Haus abgeladen wurden, das früher ein Hotel gewesen war. Später erfuhren wir, es handle sich um die Möbel eines reichen, alleinstehenden Herrn, der dort einziehen würde.

Ich fand die Information ziemlich unglaubwürdig. Das Haus war viel zu groß für einen Bewohner und außerdem brach es schon fast zusammen. Nach der Menge der auf der großen Veranda des Hauses aufgestapelten Pakete zu urteilen, konnte man Vermutungen aufstellen, die der Wahrheit etwas näherkämen. Wahrscheinlich war das Haus als Depot für ein Geschäft gemietet worden.

Mein Bruder Artur, der zu übertriebener Empfindsamkeit neigte, widersprach energisch meinen Schlußfolgerungen. Er wies nervös darauf hin, daß die Häuser begonnen hatten zu wanken und zeigte zum Himmel, wo

Weiß und Grau sich abwechselten. (Weiße Punkte, graue Punkte und vollendete kleine Quadrate, aus beiden Farben zusammengesetzt. Schnell, heiter und sprunghaft lösten die einen die anderen ab.)
Dieses Mal beging ich in meinem Widerspruchsgeist einen fatalen Irrtum, denn vor Ablauf einer Woche traf der neue Nachbar ein. Seinen Kopf bedeckte eine karierte Mütze (grau und weiß) und zwischen seinen dunklen Zähnen klemmte eine geschwungene Pfeife. Die Augen lagen tief in den Augenhöhlen, die Kleidung schlotterte um den skeletthaften, kleinen Körper, an der Leine hatte er einen lächerlichen Hühnerhund. Während ich diese groteske Erscheinung witzelnd kommentierte, war Artur seinerseits völlig verwirrt.
»Dieser Mann hat die kleinen Quadrate mitgebracht, aber er wird bald wieder verschwinden.«

Nicht wenige waren beeindruckt von dem Verhalten des Junggesellen. Seine merkwürdigen Angewohnheiten verblüfften die Anwohner der Straße. Man sah ihn nie das Haus verlassen, täglich um fünf Uhr nachmittags aber, auf die Minute genau, erschien er, begleitet von seinem Hund, auf der Veranda.
Ohne sich von seiner grauen Mütze zu trennen, die wahrscheinlich eine fortgeschrittene Glatze verdeckte, paffte er seine Pfeife und zog sich wieder zurück. Die übrige Zeit blieb er unsichtbar.
Artur verbrachte den Tag damit, ihn zu beobachten, getrieben von der törichten Hoffnung, er würde vor der festgesetzten Stunde auftauchen. Er gab nicht auf, auch als er merkte, daß er ausgelacht wurde. Seine Aufregung wuchs, je näher der Augenblick kam, wo er den einsamen Bewohner des Nachbarhauses vor sich sehen würde.

Wenn er ihn erblickte, überließ er sich einer unbändigen Freude:
»Sieh mal, Roderich, er ist dünner als gestern!«
Ich ärgerte mich darüber und sagte ihm, er solle mich in Ruhe lassen und sich nicht so viel um das Leben anderer kümmern.
Er tat, als hörte er das nicht, und am nächsten Tag war er wieder auf seinem Beobachtungsposten, und wieder sagte er mir, der kleine Mann würde dünner und dünner.
»Unmöglich«, sagte ich, »dieser dürre Teufel kann gar nicht mehr dünner werden!«
»Er wird aber immer dünner!«

Ich lag noch im Bett, als Artur in mein Zimmer kam, mit den Armen wedelte und rief:
»Er heißt Anatol.«
Ich unterdrückte mit Mühe einen Fluch und antwortete verärgert: »Na, und wenn er Nebukadnezar hieße!«
Plötzlich verstummte er. Vom Fenster aus gab er mir, überrascht und ohne sich zu bewegen, ein Zeichen, ich solle näherkommen. Vor dem ehemaligen Hotel hielt gerade ein Auto, dem ein hübsches junges Mädchen entstieg. Sie nahm selbst ihr Gepäck aus dem Wagen. Mit einem Schlüssel, den sie in der Tasche hatte, öffnete sie die Haustür, ohne daß jemand erschien, um sie zu empfangen.
Mein Bruder, der vor Neugier platzte, ließ mich nicht in Ruhe:
»Warum ist sie nicht früher aufgetaucht? Ist er nicht Junggeselle?«
»Na und, was tut's denn, wenn ein junges Mädchen bei einem Junggesellen wohnt?«

Trotz all meiner Bemühungen, Artur von seiner fixen Idee abzulenken, fand er neue Gründe, sich zu beunruhigen. Jetzt machte er sich Sorgen, weil das Mädchen sich versteckt hielt. Nichts ließ auf ihre Anwesenheit in dem Haus schließen. Er weigerte sich aber, meiner Vermutung zu folgen, sie sei vielleicht schon wieder fortgegangen. Er wollte nicht mit mir darüber sprechen.

»Merkwürdig, der Mann wird immer dünner und die Frau verschwindet.«

Drei Monate später öffnete sich die Tür des großen Hauses wieder, um das Mädchen hinauszulassen. Wie bei ihrer Ankunft war sie allein und trug ihre Koffer.

»Warum geht sie denn zu Fuß? Hat der miese Alte ihr vielleicht das Geld für das Taxi verweigert?«

Nach der Abreise des jungen Mädchens konzentrierte sich Arturs Interesse wieder ganz auf den dünnen Anatol. Und zähneknirschend sagte er wieder:

»Und er wird immer dünner.«

Ich für mein Teil hatte früher meinen starken Nerven vertraut, das änderte sich nun aber und wich einer ängstlichen Erregung. Nicht so sehr wegen des Dürren nebenan, sondern wegen meines Bruderherzens. Die Sorge höhlte sein Gesicht aus und umschattete seine Augen. Um ihm zu beweisen, daß nichts Besonderes an unserem rätselhaften Junggesellen war, fing ich an, unseren geheimnisvollen Nachbarn auch zu beobachten. Er erschien zur festgesetzten Stunde. Mit schweifendem Blick, die Mütze auf dem Kopf, manchmal sogar mit einem höhnischen Lächeln.

Ich wendete den Blick nicht mehr von dem Alten ab. Seine Magerkeit faszinierte mich. Schließlich war es Artur, der meine Aufmerksamkeit auf etwas lenkte:

»Er wird immer durchsichtiger.«

Ich erschrak. Durch seinen schmächtigen Körper hindurch konnte man Gegenstände sehen, die im Haus waren. Blumentöpfe, Bücher, vermischt mit Eingeweiden und Nieren. Das Herz schien am Türgriff der Haustür zu hängen, die nur halb geschlossen war.
Auch Artur wurde immer dünner, und nicht zuletzt deshalb war ich beunruhigt. Anatols Zustand wurde meine einzige Sorge. Um Anatol drehten sich alle meine Gedanken. Sein Fleisch löste sich immer schneller auf, während mein Bruder voller Begeisterung schnaubte.
»Sieh mal! Er ist so dürr, daß er bloß noch ein Profil hat. Morgen wird er verschwunden sein.«

Am nächsten Tag um fünf Uhr nachmittags schleppte der Alte sich mühsam auf die Veranda. Da er nichts mehr abzunehmen hatte, war sein Schädel geschrumpft und die Mütze, jetzt viel zu groß, rutschte ihm bis über die Augen. Im Wind klappte der Körper in sich zusammen. Er verkrampfte sich und stieß Feuer aus, das über die Straße fegte. Artur verfolgte aufgeregt das Schauspiel, während ich entsetzt zurückwich.
Für Augenblicke hatte Anatol sich gekrümmt, dann übergab er sich wieder. Weniger als beim ersten Mal. Dann spuckte er. Schließlich ließ er, schon geschwächt, eine weißglühende Spucke über den Brustkorb laufen und ging in Flammen auf. Es blieb der mit der Mütze bedeckte Kopf. Die Pfeife erlöschte auf dem Boden.
»Hab ich es nicht gesagt«, schrie Artur aufgeregt.
Seine Stimme klang immer dünner und weiter entfernt.
Als ich dort hinblickte, wo er gewesen war, sah ich, daß sein Körper sich auf erschreckende Weise verkleinert hatte. Er war nur noch einige Zentimeter groß und murmelte mit einer fast unhörbaren Stimme:

»Hab ich's nicht gesagt, hab ich's nicht gesagt.«
Ich nahm ihn mit meinen Fingerspitzen auf, bevor er ganz verschwand. Ich hielt ihn für einige Augenblicke fest. Dann verwandelte er sich in eine kleine, schwarze Kugel, die über meine Hand rollte.

Don José gab es nicht

Sammelt euch und kommt her, ihr feindseliges Volk.

Zephanja II, 1

Eine heftige Explosion erschütterte die Stadt. Es folgten weitere, kleinere und größere.
Verstört rannten die Menschen durcheinander. Jemand, der in all dem Wirrwarr die Ruhe behalten hatte, rief:
»Das ist nicht der Weltuntergang.«
Nachdem nun die schlimmste Vermutung ausgeklammert war, gab es andere Deutungen:
Für einen Bombenangriff fehlten die Flugzeuge.
»Artillerieübungen?«
»Sehr wahrscheinlich«, beeilten sich einige zu versichern, um das Geheimnis zu erklären.
»Und die Kanonen?« fragten die Klarsichtigeren.
Es gab Leute, die von einer geheimnisvollen Invasion sprachen, und schließlich stimmten alle überein: Don José hatte seine Frau mit Dynamit umgebracht.
Die Leute auf der Straße zögerten, sich dem Gebäude zu nähern. Nach einer kurzen Pause hörte man es einige Male knallen.
Ein Landstreicher, den die Ereignisse noch nicht aus der Ruhe gebracht hatten, meinte:
»Vielleicht war das Dynamit noch nicht genug, und er hat jetzt zum Revolver gegriffen?«
Die Menschen erblaßten und warteten ängstlich gespannt auf das Ende des Dramas.

1 – Tragödie?
Nein. Don José hatte Feuerwerkskörper ausprobiert. Niemand wollte die Enttäuschung eingestehen oder gar zugeben, daß die Zuschauer in jener halben Schreckensstunde unnötigerweise ihre Phantasie hatten spielen lassen.
»Er hat sie diesmal nicht getötet. Aber nächstes Mal wird sie nicht mehr davonkommen. Sein Haß auf Dona Sofia ist unbezähmbar.«
2 – Konnte Don José überhaupt jemand hassen?
Verleumdung! Er liebte seine Frau, die Vögel und die Bäume. Sie, ja sie verachtete ihn. Sie konnte die Tiere nicht leiden.
Unglückliche Ehe?
Unmöglich! Die Eheleute vertrugen sich ausgesprochen gut!
Aber unter den Einwohnern des Ortes gab es niemand, der daran glaubte.
»Sie gab nur vor, ihn zu lieben, wegen seines Geldes.«
»Unsinn. Don José war der ärmste Mann in der Stadt und hatte ein Magengeschwür.«
3 – Bei dem geringsten Widerspruch wurden neue Anschuldigungen laut:
»Und die Kinder? Was ist mit den Kindern, die nächtelang weinen, weil sie hungrig sind und geschlagen werden?«
Irrtum. Don José hatte doch seine Kinder (fünf an der Zahl) verloren, sie starben an Tuberkulose. Jetzt erinnerte er sich an sie und ließ ein Gerät laufen, das Kinderweinen imitierte. Und das rührte einen viel mehr als jedes wirkliche Weinen von Kindern.
4 – Don José sprach immer über ein Buch, an dem er schrieb. Ein Buch über Kobolde.

War er ein Geschichtenerzähler?

Nein. Die Kobolde lebten in seinem eigenen Hause, um ihn herum.

War vielleicht die Frau einer von ihnen?

5 – Eines Tages fand man ihn erhängt. Und sofort hieß es:

»Das ist nur eine Täuschung. Der Knoten ist nicht ganz festgezogen.«

»Seht doch, was für ein verschlagenes Gesicht! Er macht sich über uns lustig. Eine Schande! Don José hat sich wirklich das Leben genommen.«

Warum?

Die ganze Welt gab vor, den Grund nicht zu kennen.

6 – Die, die ihn verteidigt hatten, fragte man Jahre nach seinem Tod:

»Also, was hat denn dieser Don José eigentlich getan? Wenn er nicht mal rauchte, trank, keine Frauen hatte?«

»Er liebte das Volk.«

»Und das Volk?«

»Beobachtete ihn wütend.«

7 – Später hatten sie ihm eine Statue errichtet. Mit der folgenden Inschrift: »Don José, dem edlen Spanier und Wohltäter der Stadt.«

Letzte aller Lügen. Don José war ein armer Teufel und besaß überhaupt keinen Adelstitel. Er hieß Danilo José Rodrigues.

Die drei Namen von Gottfried

> Das Gebüsch bedeckt ihn mit seinem Schatten, und die Bachweiden umgeben ihn.
>
> *Hiob XL, 17*

Na, ich entdeckte jedenfalls eine Falte auf ihrer Stirn.
Von einem bestimmten Tag an, den ich nicht mehr genau nennen könnte, setzte sie sich zum Mittag- und Abendessen jeden Tag mir gegenüber an den Tisch, an dem ich fünfzehn Jahre lang allein gesessen hatte.
Als ich mir über ihre dauernde Anwesenheit klar wurde, fand ich das völlig selbstverständlich. Der Platz gehörte mir nicht. Ich hatte kein Recht darauf, und außerdem tat mein Gegenüber nichts, was mich hätte belästigen können. Sie richtete nicht einmal das Wort an mich. Zudem war ihr Benehmen während der Mahlzeiten unauffällig, ohne jedes Geräusch, das meine Aufmerksamkeit hätte erregen können.
An jenem Abend war ich allerdings unruhig, da ich nicht wußte, warum sie so besorgt war. Ich war schon bereit gewesen, den Tisch zu verlassen, da ich überzeugt war, meine Begleiterin würde sich dann wohler fühlen. Vielleicht war sie bekümmert und wollte lieber allein sein. Dann stellte ich aber nach einigem Umherblicken fest, daß es noch viele freie Plätze gab, was in dem Restaurant oft der Fall war, da es wenig besucht wurde. Das ärgerte mich, und ich fand es unverschämt, daß ich dort weggehen sollte, während die junge Frau ja schließlich das gleiche tun könnte. Und warum hatte sie sich gerade zu mir gesetzt?

Nachdem mein Ärger verflogen war, und ich dachte, es sei nicht gerade höflich, solcherlei Gedanken zu hegen, beschloß ich, den Tisch zu verlassen. Schließlich könnte sie, genau wie ich, gerade diesen Tisch bevorzugen.
Ich drehte mich zu der jungen Frau um und fragte sie, ob sie es mir nicht übelnähme, wenn ich den Platz wechselte. Sie reagierte überhaupt nicht. Ich war enttäuscht, denn ich fand mein Verhalten äußerst feinfühlig. Ich nickte kurz zu ihr hinüber und begab mich auf die entgegengesetzte Seite des Raumes.
Kaum hatte ich mich auf einen anderen Stuhl gesetzt, erwartete mich eine neue Überraschung: die Frau kam auf mich zu mit dem offensichtlichen Vorhaben, sich wieder zu mir zu setzen. Andererseits freute ich mich, als ich sah, daß die Falte auf ihrer Stirn verschwunden war. Ich machte mir Vorwürfe, daß ich nicht schon vorher auf die Idee gekommen war, einen besseren Platz auszusuchen, der auch meiner Begleiterin gefiele.
Etwas ging aber vor sich, was ich nicht genau erfassen konnte: war sie an jenem Abend etwa mein Gast? Und an den vorangegangenen Tagen?
Da ich mich nicht abfinden konnte mit den Zweifeln, die mich befielen, fragte ich etwas verlegen:
»Ich habe Sie zum Abendessen eingeladen, nicht wahr?«
»Ja sicher. Und es bedurfte keiner formellen Einladung, um mich hierherzubringen.«
»Wie bitte?«
»Seit wann ist ein Mann verpflichtet, seine eigene Frau zu den Mahlzeiten einzuladen?«
»Sie sind meine Frau?«
»Ja, die zweite. Muß ich dir sagen, daß die erste blond war und du sie in einem Anfall von Eifersucht getötet hast?«

»Nein, das ist nicht nötig.« (Ich war schon reichlich erschüttert, von meiner Ehe zu erfahren und wünschte nicht, Reuegefühle über einen Mord zu entwickeln, an den ich mich nicht im geringsten erinnern konnte.) »Ich würde nur gern wissen, ob wir schon lange verheiratet sind?«
Sie wollte sich über mich lustig machen und entgegnete etwas gezwungen:
»Das ist eine uralte Geschichte. Ich erinnere das schon gar nicht mehr.«
»Und haben wir denn zusammen geschlafen?« insistierte ich, denn ich hoffte, jeden Augenblick würde sich der Irrtum aufklären, und ich könnte erleichtert feststellen, daß alles nur eine gut angelegte Farce war.
Ihre Antwort nahm mir diese Illusion:
»Was für ein Unsinn! Wir haben immer zusammen geschlafen.«
Es blieb nicht mehr viel zu fragen übrig, aber ich fuhr fort:
»Könnten Sie mir sagen, wann wir uns kennengelernt haben?« Es störte sie nicht, daß ich weiter fragte, und ich glaube, sie war in guter Stimmung angesichts meiner wachsenden Verlegenheit:
»Ich weiß nur, daß es nicht im Frühjahr war, als meine Geranien blühten.«
Ich mußte alles wissen, obwohl ich überzeugt war, daß es unsinnig war, das Verhör fortzusetzen:
»War meine erste Frau nicht eifersüchtig auf unsere Bekanntschaft?«
»Keineswegs. (Und es war nicht nur eine Bekanntschaft.) Aber du hast dich bei dem geringsten Anlaß erregt, obwohl du – wie kein anderer – wußtest, daß sie treu war. Wahrscheinlich hast du sie deshalb getötet.«

»Erzählen Sie mir nichts von dem Verbrechen«, bat ich und nahm ihr Gesicht in meine Hände. Es war ein weiches, frisches Gesicht. Ich betrachtete ihre kastanienbraunen, sanften Augen. Ich fand sie hübsch. Vorsichtig streichelte ich ihre kleinen Hände, ich befürchtete, sie könnte mich zurückweisen:

»Ich dachte, du seist ein Schatten.«

»Was für ein Unsinn, João de Deus! Warum sollte ich ein Schatten sein?«

»Ich habe nämlich in letzter Zeit mit niemand gesprochen und sehe die Menschen um mich herum nicht einmal. Deshalb hat es etwas gedauert, bis ich deine Anwesenheit akzeptierte.«

Ich hielt inne, blickte umher und sah, daß wir allein im Raum waren. Obwohl ich wußte, daß das Restaurant früh schloß, nahm ich die Unterhaltung wieder auf:

»Hat dich denn mein anhaltendes Schweigen nicht gelangweilt?«

»Nein, überhaupt nicht, du hast nie aufgehört, mit mir zu reden.«

Ich sah sie wieder fest an: ihre Schönheit hatte etwas Diabolisches. Sie war so schön, daß ich die Lust verlor, noch mehr Einwände vorzubringen.

Ich wartete, bis sie gegessen hatte, und erkundigte mich, wohin wir gehen würden.

»Ich denke, nach Hause.«

Ich gestehe, daß ich neugierig war, ob »nach Hause« zu mir nach Hause hieß. Ich konnte mich nicht genau an das Haus erinnern und hatte Zweifel, ob ich es wiederfinden würde.

Vor dem Gebäude, von dem meine Begleiterin versicherte, es sei unser Haus, zögerte ich:

»Bist du sicher, es ist hier, Geralda?«

Sie nickte zustimmend, aber ich achtete nicht darauf. Ich wollte in diesem Augenblick nur herausfinden, wie ich auf ihren Namen gekommen war, denn ich war sicher, daß ich ihn gerade zum ersten Mal ausgesprochen hatte.
Als die Haustür geöffnet wurde, zerstreuten sich meine Zweifel: mein Mantel lag auf dem Sofa. Nur einige Kleinigkeiten, die ich vorher nicht bemerkt hatte, verwirrten mich. Die Möbel waren alt, aber neutral, die Bilder waren dagegen ungünstig gehängt und zeugten von schlechtem Geschmack. Außerdem standen überall Blumen.
Geralda verfolgte schweigend und ohne Staunen, wie ich nacheinander diese Entdeckungen machte.
Nachdem meine Neugier gestillt war, erinnerte ich mich an meine Frau. Linkisch und unsicher, ob ich mich gut benahm, streckte ich ihr meine Arme entgegen, um sie an mich zu ziehen. Blaß, mit ihren schwarzen Haaren und den großen Augen, stand sie lächelnd mitten im Wohnzimmer und wartete auf meine Umarmung. Erregung und eine unerklärliche Furcht hielten mich für einen Augenblick zurück. Es war mir jedoch nicht möglich, den Instinkt in mir zu bezwingen, der mich dazu trieb, diese Frau zu besitzen, die sich mir bereitwillig hingab. Ich ging auf sie zu und suchte ihren Mund. Ich küßte sie begierig und empfand einen neuen Geschmack, als küßte ich die erste Frau meines Lebens.
Erst als ich sie ein Gähnen unterdrücken sah, merkte ich, daß es schon spät war. Und wir gingen schlafen.
Für einen Augenblick fand ich es merkwürdig, daß Geralda mich auf dem Weg zum Schlafzimmer begleitete. Dann aber sah ich, daß ich mir unnütz Gedanken gemacht hatte: dort stand ein Ehebett mit zwei Kopfkissen. Vor uns befand sich ein Schminktisch mit mehreren Gegenständen, die eine Frau zu benutzen pflegt.

Sie fing an, sich zu entkleiden, und ich wußte in meiner Befangenheit nicht, ob ich mich zurückziehen oder einfach meinen Schlafanzug anziehen sollte. Aus Unentschlossenheit oder weil ihre Beine so schön waren, konnte ich mich nicht entscheiden und blieb mitten im Zimmer stehen.

Als ich sah, daß sie im Bett lag, setzte ich mich zu ihr auf den Bettrand und legte meine Kleidung ab.

Als ich schon lag und die Wärme jenes Körpers fühlte, wollte ich sie ganz und für immer besitzen. Ich zweifelte nicht mehr, daß sie mir immer gehört hatte.

Ich sprach lange leise, fast flüsternd zu ihr, und ihre Haare streiften mein Gesicht.

Die nächsten Monate vergingen wie im Flug. Wir vermieden es, außer Haus zu gehen. (Ich wollte unsere Intimität und meine Fürsorge ganz für uns behalten, ohne Zeugen.)

Ich war gesprächig und glücklich. Es machte mir Spaß, ihr zuzusehen, wenn sie Bissen für Bissen zu sich nahm und langsam kaute. Manchmal unterbrach sie mich mit einer naiven Frage:

»Warum wird uns nicht schwindlig, wenn die Erde sich dreht?«

Es lag mir fern, darüber ungeduldig zu werden, und ich gab ihr als Antwort eine Reihe gewichtiger Erklärungen, die Geralda mit staunenden Augen anhörte. Am Ende schmeichelte sie meinen Kenntnissen mit einem übertriebenen Kompliment.

Bald wurden die Tage länger, meine Zärtlichkeiten wurden zur Gewohnheit und langsam entstand eine Leere zwischen uns, bis ich nicht mehr redete. Auch sie verstummte.

Es blieb uns das Restaurant. Dorthin begaben wir uns

und empfanden schmerzlich unser anhaltendes Schweigen.
Ihr Gesicht begann mich zu langweilen, und ich sah meine Langeweile in ihrem Blick gespiegelt. Unterdessen kam in mir das Bedürfnis auf, allein zu sein, ohne daß Geralda mich je allein gelassen hätte. Sie folgte mir überall hin. Ich flehte sie mit meinen Augen an, ich war unruhig und hatte nicht den Mut, ihr zu erklären, was in meinem Inneren vorging.
Eines Nachmittags sah ich gedankenverloren an den Wänden entlang und erblickte einen Strick, der an einem Nagel hing. Ich nahm ihn und sagte zu Geralda, die zerstreut und weit entfernt zu sein schien:
»Er wird dir als Halskette dienen.«
Sie entgegnete nichts. Sie hielt mir ihren Hals hin, um den ich vorsichtig die Schnur legte. Dann zog ich an den Enden. Meine Frau schloß die Augen, als erwartete sie eine Liebkosung. Ich zog den Knoten fester und sah sie auf den Fußboden fallen.
Da es Zeit war zum Abendessen, ging ich wie von selbst zum Restaurant, wo ich mich wie immer an einen Tisch setzte. Ich ließ mich zerstreut nieder, nichts bedrückte mich. Im Gegenteil, ein angenehmes Gefühl der Freiheit hüllte mich ein. Ich hatte noch nicht das Menü gewählt, als es mir kalt den Rücken hinunterlief: auf den Stuhl mir gegenüber hatte sich gerade eine junge Frau gesetzt. Wenn ihre Haare nicht blond gewesen wären, hätte ich schwören können, daß es meine Frau war. Die Ähnlichkeit zwischen ihnen erstaunte mich. Die gleichen Lippen, Nase, Augen, die Art, die Stirn zu runzeln.
Nachdem ich mein anfängliches Staunen überwunden hatte, beschloß ich, die unangenehme Situation zu klären:

»Bist du es, Geralda?« (Ich fragte mehr, um überhaupt ein Gespräch anzufangen, als um eine endgültige Antwort zu erhalten. Meine Frau hatte dunkle Haare und einen Goldzahn.)
»Nein, ich bin deine erste Frau, die zweite hast du gerade getötet.«
»Ja, ich weiß. Ich habe sie in einem Anfall von Eifersucht getötet.«
»Wie könnte es auch anders sein, mein armer Roberio.«
»Roberio?!« (Noch nie war ich unter diesem Namen bekannt. Es mußte ein Irrtum sein. Ein ungeheurer Irrtum lag in der ganzen Geschichte.)
Ich versuchte, meine Ruhe zurückzugewinnen, um das Mißverständnis zu klären.
»Es ist alles vorbei, Joana. Ich heiße Gottfried.«
»Du irrst dich, Roberio, du wirst nicht vergessen können.«
»Wer hat das auch behauptet?« erwiderte ich aufgebracht und voller Ungeduld über ihren Starrsinn.
Sie überhörte meine Gereiztheit. Sie blieb kühl und auf eine Weise ruhig, die mich irritierte. Herausfordernd sagte sie:
»Du kannst ruhig schreien, das Restaurant ist leer.«
»Und warum ist es leer?« fragte ich unwirsch und wurde noch lauter.
Joana wußte, daß es keinen Sinn hatte, etwas zu erklären, aber sie antwortete dennoch und gab sich Mühe, ihr Mitleid zu verbergen:
»Nur wir beide kommen in dieses Restaurant. Papa hat es eigens für dich gekauft.«
»Ich habe deinen Vater um nichts gebeten und wußte nicht einmal von seiner Existenz. Zum Teufel mit euch beiden!«

Schwankend zwischen Übelkeit und Angst erhob ich mich eilig. Ich erreichte den Bürgersteig und begann zu laufen, ohne zu wissen, was ich tun würde.
Ich hielt erst an, als ich vor der Pforte zu meinem Haus angelangt war. Ich schloß sie mit einem Vorhängeschloß zu und verriegelte die Eingangstür von innen. Ich hatte die Schlüssel noch nicht in die Tasche gesteckt, als ich mich an die Leiche Geraldas erinnerte. Ich wollte zurückweichen und hielt inne: vor mir im Flur stand eine Frau, die meinen beiden anderen Frauen sehr ähnlich sah. Sie hatte die blonden Haare von Joana und unterschied sich von den beiden anderen durch die geschwungenen Augenbrauen und einen Amethystring, den sie am Ringfinger trug.
Verzweiflung überkam mich. Ich öffnete die Arme, und sie schmiegte sich an mich. Ich griff nach ihrem Hals und drückte zu.
Sie lag ausgestreckt auf dem Teppich. Ich ging in den Vorraum zur Küche. Kaum hatte ich ihn betreten, erschrak ich: am Kopfende des Tisches, der für das Abendessen gedeckt war, saß eine junge Frau, die auf verblüffende Weise Joana und Geralda ähnlich sah. Sie lächelte.
»Du bist natürlich meine vierte Frau?«
»Nein, João de Deus, wir sind erst verlobt«, sagte sie und zeigte auf einen Platz zu ihrer Linken.
»Meine Verlobte?« Entsetzt fragte ich, ob wir schon seit längerem zusammenlebten.
»Seit dem Tod meiner Eltern lebe ich allein. Du bist gerade angekommen und bist mein Gast. Nach der Hochzeit werden wir in deiner Stadt wohnen.«
Das samtene Band um Isabels Hals, an dem ein altes Medaillon hing, faszinierte mich für Sekunden.

Dann wandte ich den Blick ab und auf das Essen vor mir. Ich merkte, daß mir der Appetit vergangen war. Als ich den Kopf wieder hob, kam ich auf den Gedanken, einige Fragen zu stellen, möglicherweise die gleichen, die ich meiner zweiten Frau an jenem Abend im Restaurant gestellt hatte. Ich gab auf und machte mich daran, eine Stadt wiederzuentdecken, die sich in meiner Erinnerung verloren hatte.

Der Mond

Siehe, die Nacht müsse einsam sein, und
kein Jauchzen darin sein.

Hiob III, 7

Kein Lampenlicht, kein Mondschein. Der Himmel und die Straßen lagen im Dunkel. Das beeinträchtigte in gewisser Weise meine Pläne. Meine Geduld war jedoch unerschütterlich, und ich tat nichts anderes, als die Schritte von Chris zu bewachen. Jeden Abend wartete ich nach dem Abendessen auf ihn, an die Mauer seines Grundstücks gelehnt. Ich brauchte mich nicht einmal zu verstecken oder seinem Blick auszuweichen, denn er achtete ohnehin nie darauf, was um ihn her geschah.

Wegen der undurchdringlichen Dunkelheit, die uns umgab, und weil er immer sehr eilig aus seinem Haus auf den Bürgersteig trat, konnte ich nie seine Gesichtszüge erkennen. Entschlossen lief er auf dem Gehsteig entlang, als begäbe er sich zu einem festgesetzten Ort. Dann aber wurden seine Bewegungen langsamer und zögernder, ganz entgegen der Bestimmtheit, mit der er seinen Spaziergang begonnen hatte. Ich hatte Schwierigkeiten, ihm zu folgen. Boshafte, trügerische Schatten kamen auf mich zu und zwangen mich immer wieder, zurückzuweichen. Der Unsichtbare lief über meine Hände, während Chris sich heiter und ungezwungen fortbewegte. Meine Aufgabe wäre unmöglich gewesen, wenn er nicht immer wieder angehalten hätte. Wenn ich seine Gestalt wieder wahrnahm, nachdem ich ihn kurz aus den Augen verloren hatte, sah ich, daß er sich bückte und Dinge in seine

Tasche steckte, die ich von weitem unmöglich erkennen konnte.
Es war ziemlich eintönig, ihm immer auf denselben Wegen zu folgen. Vor allem, weil er nie ein Gebäude betrat, mit Freunden sprach oder mit Frauen. Er grüßte nicht einmal einen Bekannten.
Während seiner Rückkehr im Morgengrauen holte Chris nacheinander die Gegenstände aus seinen Manteltaschen, die er auf dem Hinweg aufgesammelt hatte und warf sie einen nach dem anderen fort. Ich hatte den Eindruck, daß er sie zärtlich betrachtete, bevor er sich von ihnen trennte.

Nachdem einige Monate verstrichen waren, unterlagen seine Spaziergänge immer noch einer bestimmten Regelmäßigkeit. Ja, der Weg, den er einschlug, war unverändert, obwohl es so aussah, als laufe er ziellos umher. Er verließ sein Haus, ging zehn Häuserblocks geradeaus und bog in die zweite Avenida auf seinem Weg ein. Von dort ging er ein kleines Stück und bog gleich darauf in eine kurvige, enge Straße ein. Fünfzehn Minuten später erreichte er den Stadtrand. Die Häuser dort waren ungepflegter und standen weiter auseinander. Er hielt erst an, wenn er zu einem Haus mit einem Kurzwarenladen kam, in dessen Schaufenster sich eine ärmliche Puppe befand. Sie hatte blaue Augen und ein Allerweltslächeln.

Eines Abends – ich hatte mich schon an die Schwärze der Nacht gewöhnt – stellte ich leicht überrascht fest, daß er eine andere Richtung einschlug als am Abend vorher. (Es schien mir, als sei die Zeit noch nicht reif für einen so abrupten Wechsel.)
An diesem Tag lenkte er seine Schritte sicher geradeaus

und vermied die Querstraßen, an denen er vorbeiging, ohne sich aufzuhalten. Er durchquerte die Stadtmitte und ließ die breite Straße hinter sich, in der sich der Großhandel befand. Nur einmal hielt er – und das nur kurz – vor einem Kino an, wo Kinder aus einer anderen Zeit sich Fortsetzungsfilme ansahen. Er bestand darauf, eine Eintrittskarte zu kaufen, was mich wirklich alarmierte. Seine Unentschiedenheit dauerte jedoch nur kurz, und gleich darauf nahm er seinen Weg wieder auf. Er zwängte sich in die Hurenstraße, hielt hin und wieder vor den Türen an und spähte durch die meistens tiefliegenden Fenster.
Vor einem niedrigen Haus, das als einziges in der Stadt beleuchtet war, hielt er zögernd an. Intuitiv erfaßte ich: das war der entscheidende Augenblick. Wenn Chris jetzt zurückwiche, gäbe es keine zweite Gelegenheit mehr. Ich lief auf ihn zu, zog das Messer und stieß es ihm in den Rücken. Ohne einen Seufzer und ohne das leiseste Röcheln fiel er zu Boden. Seinem mageren Körper entstieg der Mond. Eine Hure, die gerade vorbeikam, nahm ihn, vielleicht aus einer unbedachten Regung heraus, an der Hand, während ein Silberregen die Kleidung des Toten bedeckte. Als die Frau sah, was ich in den Händen hatte, brach sie in Schluchzen aus. Sie ließ den Mond los, der sich in den Himmel schwang, und barg ihr Gesicht an meiner Schulter. Ich stieß sie von mir, beugte mich hinunter und betrachtete das Gesicht von Chris. Es war ein kindliches Gesicht mit blauen Augen und einem Allerweltslächeln.

Bruma

Und alle Inseln entflohen, und keine Berge wurden gefunden.

Offenbarung Johannes XVI, 20

Es war nicht Besorgnis, sondern einfach Wut. Es genügte, sie herauskommen zu sehen, wenn sie auf das Feld gingen, und ein unbändiger Haß überkam mich.
»Du machst ihn ja völlig verrückt, Bruma.«
Sie antwortete mir nie. Sie schlang die Arme um dic Hüfte meines Bruders, und dann entfernten sie sich eilig.
Um die Mittagszeit kam Og angelaufen, begierig, mir Einzelheiten über neue Sterne zu erzählen, die er während des Spazierganges gesehen hatte. Wenn ich auch nur den leisesten Zweifel durchblicken ließ, rief er Bruma als Zeugin hinzu:
»War es nicht ein schöner Stern? So rot, als sei es die Sonne!«
»Na, es war doch auch die Sonne, du Dummkopf!« sagte ich dann, erbost über seine morbide Phantasie.
Sie war anderer Meinung. Mit der sanftesten aller Gesten und einer Verständnisbereitschaft, die mir ziemlich auf die Nerven ging, bat sie mich, ich möge ihm glauben.
Jeden Morgen mußten wir uns heftig streiten, wenn die beiden ihre aufreibenden Runden durch die Felder der Fazenda hinter sich hatten. Og regte mich auf. Er schwor, blaue, grüne, gelbe, rote Sterne gesehen zu haben, während ich immer mehr davon überzeugt war, daß Bruma ihm diese Dummheiten in den Kopf setzte:

»Es gibt sie nicht.«

Er gab nicht auf. »Du wirst sie noch sehen, Gotti.«

»Nichts Gotti, du Rindvieh! Gottfried!«

Meine Streitsucht nahm er mir nie übel, obwohl es ihm leid tat, daß ich mich nicht überzeugen ließ. Mit schweifendem Blick, als spräche er zu Feldern und Tieren, die in der Ferne grasten, fuhr er fort:

»Wie schön sie morgens sind! Erst erschrecken uns die grellen Farben. Dann werden die Töne sanfter und unsere Pupillen saugen die Strahlen auf . . .«

»Strahlen! Nur ein Arzt kann diesem Irrsinn ein Ende machen!«

Meistens begleitete ich diesen Satz mit einem Fausthieb in sein Gesicht.

Bruma nannte mich einen Feigling und führte ihn ins Haus.

Nicht immer bereute ich meine Wutausbrüche. Nach den Auseinandersetzungen lief ich aber jedes Mal zu meiner Mutter und versuchte, sie von der Notwendigkeit zu überzeugen, daß mein Bruder zum Psychiater müsse.

Sie wich dem Thema aus, denn sie hegte eine besondere, eigenartige Liebe zu ihrem jüngsten Sohn.

»Gottfried, du liebst doch Dora.« (Bruma war der Rufname unserer Ziehschwester.) »Warum versuchst du nicht, ihr näherzukommen, statt Og zu quälen, der sich nur um die Sterne kümmert?«

Ohne ihr den gebührenden Respekt versagen zu wollen, verstimmte es mich noch mehr, sie so reden zu hören.

Ich liebte Bruma nicht, aber ihr Körper verwirrte mich. Als mir später klar wurde, daß ich schon lange leidenschaftlich in sie verliebt war, wurde ich hin- und hergerissen zwischen widersprüchlichen Gefühlen. Keine

Regung der Versöhnung hätte mich bewegen können, eine Liebe einzugestehen, die sich jedes Mal trübte, wenn mich die Wut überfiel. Statt Bruma, wie mir meine Mutter geraten hatte, näherzukommen, klammerte ich mich an den Plan, die beiden zu trennen. Und die Gelegenheit hierzu ergab sich früher, als ich gehofft hatte, nach einem ihrer morgendlichen Spaziergänge. Ich las gerade auf der Veranda die Zeitung, als Og sich näherte. Ich hatte ihn kaum gehört, denn entgegen seiner sonstigen Angewohnheit war er ganz leise heraufgekommen. Er ging langsam vor mir auf und ab, bis er schließlich nicht mehr an sich halten konnte und hingerissen von seiner letzten Entdeckung erzählte:
»Dieser Stern hat alle Farben, Gotti. Er ist der schönste, den ich je gesehen habe. Sieh, sieh doch!« Und er zog mich nach draußen und zeigte zum Himmel. Ich enthielt mich jeden Kommentars und beeilte mich, unsere Mutter zu rufen. Ich führte sie auf den Hof, sie folgte mir nur widerwillig. Ich bat sie, den Himmel anzusehen, der so klar war wie nie.
Nicht ohne einen gewissen Widerstand erlaubte sie, daß Og zum Arzt ging. Sie konnte den fortschreitenden Wahnsinn ihres Sohnes nicht mehr bestreiten, aber sie erwiderte noch: »Nur in die Sprechstunde, nicht ins Irrenhaus.«
Bruma folgte uns. Sie ging wortlos mit und brach erst am Eingang zur Stadt ihr Schweigen:
»Du weißt, daß er nicht verrückt ist.«
Vielleicht wollte sie mir in Wahrheit bedeuten, daß ich nicht sehr brüderlich handelte. Da ihr aber der Mut dazu fehlte, oder vielleicht gerade weil ich den Sinn ihrer Worte erraten hatte, suchte sie Ausflüchte.
Ich vermied es, eine direkte Antwort zu geben, die meine

Gedanken hätte verraten können und versuchte, das Thema zu wechseln.
»Und du, Bruma, kannst du denn diesen Stern sehen?«
»Noch nicht«, sagte sie, hob den Kopf und blickte zu den schweren Wolken auf, die den Himmel bedeckten.
Einige hundert Meter, bevor wir zu dem Haus kamen, in dem wir den Arzt aufsuchen wollten, hielt Og uns an:
»Sieh mal, Gotti! Unmöglich, daß du ihn nicht siehst. Und was für Farben!«
Mit geweiteten Pupillen und einem veränderten Gesichtsausdruck schien Og wirklich ein einmaliges Schauspiel zu beobachten, das zu sehen niemand sonst vergönnt war. Ich wollte schon unsere Rückkehr nach Hause vorschlagen, beherrschte mich dann aber. Ich wurde von einer tiefen Zärtlichkeit überwältigt und umarmte ihn. Ich versuchte, die Tränen wegzuwischen, die mein Gesicht hinunterliefen:
»Ja, er ist schön. Verliere ihn nicht aus den Augen, es wird das letzte Mal sein, daß du ihn siehst.«

Dr. Sacavém, mit rötlichem, kurzgeschnittenen Bart und unfreundlichem Blick, gab sich sehr ernst.
Ich erzählte ihm von Ogs Spleen, seinen Visionen und erklärte den Grund unseres Kommens. Ich beeindruckte ihn überhaupt nicht und weckte auch keinerlei Interesse in ihm für das, was ich ihm erzählte. Er beschränkte sich darauf, meinen Bruder zu bitten, er möge ihm von seinen Lieblingssternen erzählen. Og kam dieser Bitte sofort nach, zufrieden über die Behandlung, die man ihm zukommen ließ. Er wiederholte mit der ihm eigenen Leidenschaft die Geschichte, die er uns tagtäglich erzählte.

Ich ärgerte mich über die Zeitverschwendung und warf ein:

»Ich glaube nicht an Tagessterne.«

Bruma, die bis dahin geschwiegen hatte, lachte:

»Aber du glaubst an Schweine, nicht wahr?«

Obwohl mein Bruder etwas ungehalten darüber war, daß wir ihn unterbrachen, fuhr er fort, mit einer von Begeisterung leicht veränderten Stimme Konstellationen aufzuzählen, ihre Eigenarten, Farben und Formen zu beschreiben. Als er auf den bunten Stern kam, zeigte der Psychiater eine sadistische Neugier an der Erzählung, die ich in dieser Form für eines Arztes unwürdig hielt. Er schien eher ein unerfahrener Astronom als ein Arzt zu sein.

Um einige meiner Zweifel zu zerstreuen, testete ich die Reaktion von Dr. Sacavém:

»Ich verstehe ehrlich gesagt Ihre Methode nicht.«

Mein Einwurf mißfiel ihm, und er antwortete mir schnippisch:

»Das werden Sie später verstehen, wenn wir Ihren Fall behandeln.«

»Meinen Fall? Aber sehen Sie denn nicht, daß nur ein Verrückter bunte Sterne sehen kann?«

»Keineswegs. Ich sehe nichts Anormales darin.«

Er hatte sich schon wieder beruhigt, putzte seine Brille mit dem Schlips und fragte Bruma, ob ich immer so streitsüchtig und gereizt reagierte.

Da sie die Frage bejahte, kam der Psychiater auf mich zu und nahm mich am Arm. Er untersuchte mich eingehend und schüttelte dann besorgt den Kopf.

Mit einer abrupten Bewegung befreite ich mich aus seinen Händen und verließ hastig das Sprechzimmer.

Meine Mutter wartete auf der Veranda der Fazenda auf mich.
»Sie sind dort geblieben, und ich will sie nicht wiedersehen«, rief ich, als ich die Treppe hinaufstieg.

Das Haus schien größer geworden zu sein, seit wir es nur mehr zu zweit bewohnten. Auch die Stille im Inneren des Hauses wuchs, wo nur Mutters Blick noch Fragen stellte. Fragen, die ohne Antworten blieben und mich zwangen, auf die Felder zu entfliehen und auf den Straßen umherzuirren. Ich lief nie sehr weit. Die Erinnerung an Bruma tat mir weh. Ich hatte den Eindruck, daß sie jeden Augenblick vor mir auftauchen könnte. Denn sie war auf allen jenen Wegen spazierengegangen, und die Zäune sprachen vom Umriß ihres Körpers.
Der Entschluß kam langsam. Er reifte aus Sehnsucht und Reue. Ehe ich nicht in der Stadt war, wußte ich gar nicht, was ich eigentlich dort wollte. Plötzlich klärte sich alles. Entschlossen machte ich mich auf den Weg zur Praxis von Dr. Sacavém.
Ich war allerdings ziemlich verwirrt, weil ich das Haus nicht finden konnte. Dort, wo es hätte stehen müssen, befand sich ein unbebautes Grundstück. Ich hielt einen Augenblick an, um mich zu orientieren. Vergeblich. Ich konnte mich an keinen anderen Weg erinnern. Es war dieselbe Straße. Ich mußte mich erkundigen, aber keiner von den Befragten wußte etwas von der Existenz eines zehnstöckigen Gebäudes, das ich erwähnte. Das höchste in der Stadt hatte zwei Stockwerke. Und außerdem kannte niemand unter den fünf Ärzten des Ortes einen namens Sacavém. Ich lief noch einmal durch die Stadt und stellte weitere Fragen. Eine sinnlose, beängstigende Suche.

Ich kehrte zu dem Grundstück zurück, setzte mich ins Gras und überließ mich meiner Verzweiflung, wohl wissend, daß ich Bruma nie wiedersehen würde. Den Kopf auf die Arme gelegt, weinte ich lange. Als ich mich erhob, ging der Nachmittag zur Neige, und vor mir entfaltete sich ein roter Stern. Nach und nach nahm er andere Farben an. Alle Farben.

Die Falle

> Und so die Posaune einen undeutlichen Ton gibt, wer wird sich zum Streit rüsten?
>
> *1. Korinther XIV, 8*

Alexander Saldanha Ribeiro. Er verschmähte den Fahrstuhl und benutzte die Treppe, obwohl er einen großen Koffer trug und viele Stockwerke hinaufgehen mußte. Zehn an der Zahl.

Er zeigte keine Eile, doch aus seinem Gesicht sprach die Gewißheit einer unwiderruflichen Entscheidung. Als er im zehnten Stockwerk angelangt war, ging er durch einen langen Flur, wo Staub und Abfälle den Fliesenboden unansehnlich machten. Alle Zimmer waren geschlossen, und es war kein Geräusch zu hören, das auf die Anwesenheit von Menschen schließen ließ.

Er hielt vor dem letzten Raum an und verbrachte einige Zeit damit, einen mit Bleistift an die Wand geschriebenen Satz zu entziffern. Dann nahm er den Koffer in die linke Hand und drückte mit der rechten die Türklinke hinunter. Sie ließ sich nur schwer bewegen, als sei sie lange nicht benutzt worden. Dennoch gelang es ihm nicht, die Tür, deren Holzumrahmung sich verbogen hatte, zu öffnen. Er mußte sich mit der Schulter dagegenwerfen. Er tat dies mit solcher Kraft, daß sie mit großem Krach zu Boden fiel. Das ließ ihn ungerührt. Er war seiner selbst so sicher, daß er einem Geräusch, das seinem Betreten des dunklen, muffig riechenden Raumes vorangegangen war, keine Beachtung schenkte. Er wollte gerade auf den Flur zurückkehren, als er auf einen Wandschirm stieß. Er rückte ihn zur Seite und fand eine halbgeöffnete Tür. Er stieß sie auf. Als er den Koffer abstellen wollte, durchfuhr ihn ein Schreck und ließ ihn erstarren: vor ihm an einem verstaubten Tisch saß ein grauhaariger Mann, der heiteren Gesichts einen Revolver auf ihn richtete. Er hielt die Waffe unbeirrt gegen den Eindringling und befahl ihm, sich nicht zu entfernen.

Alexander hatte kein Interesse zu fliehen, denn er wollte auf keinen Fall diese Gelegenheit zu einem Zusammentreffen versäumen. Die anfängliche Furcht wich einem anderen, intensiveren Gefühl, als er die Augen des Alten betrachtete. Sie waren von einem stechenden Blau.

Alles in jenem Zimmer roch nach Schimmel und deutete auf Vernachlässigung hin, sogar die abgerissene Kleidung des einsamen Bewohners.

»Ich habe auf dich gewartet«, sagte er mit sanfter Stimme.

Alexander schien das nicht gehört zu haben, immer noch fasziniert von dem Blick seines Gegenübers. Er erinnerte sich an die Reise, die er über das Meer gemacht hatte, einige harte Worte auf einer Treppe.

Der andere gab nicht nach:

»Du bist also endlich gekommen.«

Unsanft aus seinen Erinnerungen gerissen, bemühte er sich sehr, kein Entsetzen zu zeigen:

»Ah, du hast mich erwartet?« Er wartete die Antwort nicht ab und fuhr aufgeregt fort, als käme plötzlich eine alte Gereiztheit über ihn:

»Unmöglich. Du hättest nie herausfinden können, daß ich heute ankommen würde, denn ich bin gerade ausgestiegen und niemand weiß von meiner Anwesenheit in der Stadt. Du bist ein Schwindler, ein schlechter Schwindler. Wahrscheinlich hast du deine alte Taktik angewendet und Detektive auf meine Spur gehetzt. Denn

sonst wäre es schwierig, mich zu finden, weil ich immer unterwegs bin und Ort und Namen ständig wechsle.«
»Ich wußte nichts von deinen Reisen und nichts von deiner Verstellung.«
»Na, und wie hast du dann meine Ankunft erraten?«
»Gar nichts habe ich erraten. Ich habe nur auf deine Ankunft gewartet. Seit zwei Jahren habe ich auf diesem Stuhl auf dich gewartet, so wie ich jetzt hier sitze und auf dich warte. Ich war überzeugt, daß du kommen würdest.«
Sie schwiegen eine Weile. Sie bereiteten sich auf Tiefschläge und die Aufdeckung des Spieles vor, in das sie sich eingelassen hatten. Alexander wollte zum Angriff übergehen, überzeugt, daß er nur so die Selbstgefälligkeit des Gegners zunichte machen könnte. Dieser hingegen durchschaute seine Absicht und kam ihm zuvor.
»Bevor du mir weitere Fragen stellst – und ich weiß, daß du viele an mich hast – will ich wissen, was mit Emma geschehen ist.«
»Nichts«, antwortete er und versuchte, seiner Stimme einen unverfänglichen Ton zu geben.
»Nichts?«
Alexander bemerkte die Ironie und seine Augen blickten haßerfüllt und gedemütigt. Er wollte erst mit einem Schimpfwort antworten. Dann aber beugte er sich der Ruhe und Sicherheit, die der andere ausstrahlte.
»Sie hat mich verlassen«, gab er beschämt zu verstehen. Und in dem sinnlosen Versuch, noch einen Rest von Stolz zu zeigen, fügte er hinzu:
»Das wußtest du wohl nicht!«
Der Blick des alten Mannes hellte sich kurz auf:
»Ich dachte es mir schon, wollte aber Gewißheit haben.«

Es wurde dunkel. Eine schwere Stille trennte die beiden. Sie überließen sich gewissen Erinnerungen, die sie für immer gegen ihren Willen miteinander verbinden würden. Der Alte verstaute die Waffe. Von seinen Lippen war das ironische Lächeln, das er während der Unterhaltung bewahrt hatte, verschwunden. Er steckte sich eine Zigarette an und wollte eine Frage formulieren, die er dann aber fallenließ. Alexander hinderte ihn daran. Er näherte sich nervös gestikulierend dem Tisch:

»Du, Alter, hast du denn keine Angst, daß ich die Gelegenheit dazu benutzen könnte, dich umzubringen? Jetzt, ohne den Revolver, möchte ich mal deinen Mut sehen.«

»Nein. Außerdem bist du unbewaffnet und auch nicht hergekommen, um mich zu töten.«

»Was erwartest du denn dann!« schrie Alexander. »Töte mich doch gleich!«

»Kann ich nicht, ich kann nicht.«

»Kannst du nicht oder willst du nicht?«

»Ich bin daran gehindert, es zu tun. Um dieser Versuchung nach dem langen Warten zu widerstehen, habe ich das ganze Magazin mit Schüssen in die Decke entleert.«

Alexander blickte nach oben und sah, daß die Decke von Kugeln durchlöchert war. Das verwirrte ihn. Nachdem er sich von dieser Überraschung erholt hatte, überließ er sich seiner Verzweiflung. Er lief zu einem der Fenster und wollte hinaus. Aber es gelang ihm nicht. Er schlug mit dem Kopf gegen ein feinmaschiges Metallnetz und fiel bewußtlos zu Boden.

Als er sich wieder erhob, sah er, daß der Alte gerade die Tür abgeschlossen hatte und den Schlüssel unter der Tür durch hinauswerfen wollte.

Er stürzte sich auf ihn, entschlossen, ihn davon abzuhalten. Zu spät. Der andere hatte sein Vorhaben schon ausgeführt und beobachtete belustigt die Panik, die sich des Gegners bemächtigt hatte.
»Ich dachte mir, daß du versuchen würdest, Selbstmord zu begehen und habe vorsichtshalber die Metallnetze vor die Fenster gespannt.«
Alexanders Wut war auf dem Höhepunkt angelangt:
»Ich werde die Tür einstoßen. Hier wird man mich nicht festhalten!«
»Sinnlos. Hättest du sie dir genau angesehen, hättest du bemerkt, daß sie auch aus Stahl ist. Ich habe die alte nämlich gegen diese ausgetauscht.«
»Ich werde schreien. Ich werde brüllen!«
»Niemand wird dir zu Hilfe eilen. Es kommt niemand mehr in dieses Haus. Ich habe die Angestellten entlassen und alle Bewohner hinausgeworfen.«
Und abschließend sagte er leise, als spräche er nur zu sich selbst:
»Und hier werden wir bleiben: ein Jahr, zehn, hundert oder tausend Jahre.«

Marina, die Unantastbare

> Wer ist, die hervorbricht wie die Morgenröte, schön wie der Mond, auserwählt wie die Sonne, schrecklich wie die Heerscharen?
>
> *Hohelied VI, 7*

Bevor ich überhaupt Zeit fand, um Hilfe zu schreien, umhüllte mich die Stille. Ich hörte nicht einmal mehr mein Herz klopfen. Ich schob die Bibel beiseite und wartete darauf, daß etwas geschähe. Sicher würde Marina kommen.

Die geräuschlose Stille im Wohnzimmer quälte mich. Ich erhob mich und wollte fliehen. Ich tat keinen einzigen Schritt, sondern setzte mich gleich wieder hin: es würde mir nie gelingen, die Leere zu durchbrechen, die sich über der Morgendämmerung ausgebreitet hatte. Die Geräusche müßten erst von draußen hereindringen.

Schließlich konnte man zwei lange, schwere Schläge vernehmen, die durch die unbewegte Luft noch lauter und klarer wirkten und meine düsteren Vorahnungen verstärkten. Sie kamen aus der Kapuzinerkapelle, auf deren Treppe ich auf dem Weg zur Zeitung immer niederkniete.

Da meine Verlassenheit andauerte, stammelte ich ein Gebet an Marina, die Unantastbare. Das half mir, die Angst zu unterdrücken, befreite mich aber nicht von der Unfähigkeit, meine nächtlichen Aufgaben zu erfüllen.

Ohne weiter darüber nachzudenken, daß ja die Kapelle keine Uhr besaß, stützte ich den Kopf in die Hände und versuchte, mich auf meine täglichen Verpflichtungen zu

konzentrieren. Der Papierkorb voller zerknüllter Blätter war allerdings ziemlich entmutigend.
Ich rutschte unruhig auf meinem Stuhl hin und her und sah ohnmächtig auf die weißen Blätter, die ich mit einigen unzusammenhängenden Zeilen bekritzelt hatte. Ich kam mir völlig nutzlos vor, mein Gehirn war leer, und ich hatte nicht die leiseste Hoffnung, daß mir jemand helfen könnte.

Um diese Frustration zu überwinden, machte ich mich über das Papier her, wild entschlossen, eine Geschichte zu schreiben, und sei sie auch noch so chaotisch und absurd. Die Verzweiflung machte es mir aber nur noch schwerer, mich auszudrücken. Als die Sätze mir schließlich leicht aus der Feder flossen und ich viele Seiten gefüllt hatte, merkte ich, daß ich überhaupt kein Thema hatte. Ich hatte aufs Geratewohl etwas hingeschrieben.
Ich erfand einige Ausreden, um meine unerwartete Befangenheit zu erklären. Ich beschuldigte die Stille des Morgengrauens, die Abwesenheit von Kollegen. Aber es überzeugte mich selbst nicht: was war denn an all den anderen Tagen? Ich war der einzige Journalist im Nachtdienst. Da es sich um eine Abendzeitung handelte, beschäftigte sie ihre Redakteure nur vormittags.
Schließlich versuchte ich mich davon zu überzeugen, daß es auf das gleiche herauskam, ob ich schrieb oder nicht. Der Chefredakteur verwertete meine Artikel und Chroniken ohnehin nie in der Tageszeitung und hinterließ mir auch keine festgesetzten Aufgaben, die ich zu erfüllen hätte. Es war unangenehm, so übergangen zu werden. Um das wettzumachen, blieb mir nur, mir etwas auszudenken und begierig in alten Papieren nach Material zu suchen, das ich in meinen Reportagen verwenden könnte.

In ausführlichen Aufsätzen hatte ich schon bis ins kleinste Detail über den Weg geschrieben, den ich gewöhnlich von meinem Haus bis zur Redaktion zurücklegte, ohne dabei zu vergessen, liebevoll unseren Garten zu erwähnen. Ein kleiner Garten, in Form eines Halbmondes, in dem einige Rosenbüsche und vertrocknete Margueriten standen.

Lange bevor ich das dumpfe Geräusch der Schläge hörte, machte mich das Warten unruhig. Ich konnte nicht mehr warten. Sollte doch kommen, was da zu kommen drohte! Ich konnte jeden Augenblick vom Stuhl gezerrt und in dic Luft geworfen werden. Die Schwerkraft konnte aufgehoben werden.

Wieder öffnete ich die Bibel. Jetzt war ich weniger nervös. Die Stille war verflogen. Obwohl ich wußte, daß die Stunden von einer nicht vorhandenen Uhr aufgezeichnet wurden, war ich sicher, daß die Zeit ihren Rhythmus wiederaufgenommen hatte. (Das war mir sehr wichtig, denn ich wollte nicht in der Zeit stillstehen.)

Ich hatte erst wenige Seiten gelesen, als ich fand, was ich suchte. Ich würde von den Mysterien Marinas, der Unantastbaren, schreiben, auch bekannt unter dem Namen Maria Empfängnis. (Sie änderte ihren Namen, als sie mit ihrem Freund aus Nova Lima floh. Sie hatte ihn nie geliebt. Es heißt, daß er, ein ehemaliger Soldat, Hunderte von Narben auf der Brust trug, die von vielen Revolutionen herrührten. Er wurde nie befördert.)

Die Freude darüber, daß ich den Anfang für meinen kleinen Essay gefunden hatte, hielt nicht lange an. Als ich ihn festhalten wollte, entschwand er mir unter der Feder.

Ich öffnete das Fenster, das auf den Garten hinausging,

um den Duft der Rosen besser einatmen zu können. Vielleicht würden sie mir helfen.
Als ich aber die Jalousien aufzog, sah ich das Gesicht eines Fremden. Schnell wandte ich den Blick in eine andere Richtung. Jenes Gesicht war mir lästig. Es bestand ganz aus einer großen, gebogenen Nase. Ich sah mir den Eindringling von neuem an und bemerkte, daß er mich aufmerksam musterte.
Ohne seinen Gesichtsausdruck zu verändern oder die Gesichtsmuskeln zu bewegen, sagte er zu mir:
»Ich habe deine Nachricht bekommen, José Ambrosio. Hier bin ich.«
Ich erstarrte, als ich sein unbewegtes Gesicht betrachtete und den übergroßen Kopf, der einen guten Teil des Fensters einnahm.
Ich erholte mich von dem Schreck, den seine Anwesenheit mir eingeflößt hatte, und erwiderte mit Nachdruck:
»Ich kenne Sie nicht und habe auch keine Zeit, Sie anzuhören.«
Dann machte ich ihm ein Zeichen, er möge sich entfernen. Seine unförmige Gestalt quälte mich und hinderte mich bei meinem Versuch, einen neuen Text auszuarbeiten.
Ich glaube, er legte meine Geste als eine Einladung aus, denn mit kleinen Schritten kam er durch die Haustür ins Wohnzimmer.
Kurz vor meinem Schreibtisch hielt er an und fuhr fort, mich anzusehen. Der mickrige Körper, die Kleidung aus grobem, gemeinem Tuch, die große Nase, das gelassene Gesicht. (Mir kam eine neue Idee, aber ich ließ sie fallen, weil ich erriet, daß er mir nicht gestatten würde, sie in die Tat umzusetzen.)
Da ich wohl wußte, daß ich an jenem frühen Morgen

keine meiner Verpflichtungen erfüllen würde, legte ich das Papier vor mir beiseite und schickte mich an, ihm zuzuhören.

»Es sind Verse zum Veröffentlichen. Die, die du bei mir in Auftrag gegeben hast.«

»Ich habe überhaupt nichts bei Ihnen in Auftrag gegeben. Bitte gehen Sie, ich habe eine dringende Angelegenheit zu erledigen.«

»Doch, du hast sie bei mir bestellt. Vielleicht erinnerst du dich nicht an den Auftrag, den du vor deiner Krankheit bei mir abgegeben hast.«

Ich verlor die Beherrschung, als ich eine so boshafte Erklärung hörte. Ich, krank? Am besten würde es sein, das Thema abzuschließen und unseren Dialog ein für allemal zu beenden:

»Jegliche poetische Äußerung liegt außerhalb der Linie unserer Zeitung. Er veröffentlicht ja nicht einmal meine Artikel – und die sind viel wichtiger.«

Ich war schon leicht verstimmt. Ich ärgerte mich über meinen unverständigen Gesprächspartner und sprang vom Stuhl auf:

»Nieder mit der Poesie, nieder mit den Poeten!«

Ich ging wutentbrannt auf ihn los und wollte ihn am Kragen packen. Wenigstens diesen einen Dichter würde ich töten!

Er entfernte sich langsam, mit unbeweglichem Gesicht, ohne auch nur im geringsten Furcht vor meiner Drohung zu zeigen. Während ich mich ihm näherte, wich dieses Männchen vorsichtig zurück, bis er mit dem Rücken an die Wand stieß. In die Enge getrieben, versuchte er ein letztes Mittel, mich zu bewegen:

»Es sind Verse für Marina, die Unantastbare.«

Ich fiel auf die Knie.

Wir mußten das Gedicht veröffentlichen. Aber wie? Ich legte freundschaftlich meinen Arm um die Schulter des Dichters und erklärte ihm noch einmal, daß meine Vorgesetzten gewöhnlich alles wegwarfen, was ich während der Nacht unter größter Anstrengung verfaßt hatte.

Er schien meiner Argumentation keine Bedeutung beizumessen und sagte, es liege in unserer Hand, alle Hindernisse, auf die wir träfen, zu beseitigen. Da man sich nicht für die Veröffentlichung interessierte, würden wir uns selbst um den Druck kümmern. Es würde eine Sonderausgabe der Zeitung sein, die ganze Nummer wäre Marina gewidmet.

»Und die Leute für den Umbruch und den Druck?« fragte ich.

»Auch das werden wir übernehmen.«

Ich fand die Idee gut, obwohl ich wußte, daß die Zeitung keine Linotypen hatte, keine Druckmaschine und ich nichts von graphischer Gestaltung verstand.

Um Zeit zu gewinnen, bat ich ihn, er möge mir die Verse zeigen.

»Ich habe sie weder hier noch anderswo.«

»Wie sollen wir sie denn dann drucken, wenn es sie gar nicht gibt?«

»Du wirst sie schreiben.«

»Aber ich kann doch nur biblische Gedichte schreiben.«

»Genau das will ich ja. Die Existenz Marinas wird im folgenden Stück des Hohenliedes beschrieben: ›Ich beschwöre euch, ihr Töchter Jerusalems, findet ihr meinen Freund, so sagt ihm, daß ich vor Liebe krank liege‹.«

»Ich weiß trotzdem nicht, wie ich sie schreiben soll.«

»Sieh mich an und schreib«, befahl er.

Und er begann, mit der Hand Gesten zu beschreiben. Weit ausholende Gesten, die sein gelassenes Gesicht rhythmisch verdeckten und wieder freigaben.
Ich konnte nicht alle seine Bewegungen übertragen, dennoch fühlte ich – auf seltsame Weise – daß das Gedicht über Marina entstehen könnte. Wunderbare, unsichtbare Verse!
»Sie sind fertig«, erklärte er bestimmt. »Jetzt mußt du sie nur noch zusammensetzen.«
Ich sah auf das Papier, auf dem nicht eine einzige Zeile stand, hatte aber nicht den Mut, ihm zu widersprechen und folgte ihm ins Haus, in den hinteren Teil des Gebäudes.
Wir durchquerten mehrere Räume. Mit dem weißen Blatt in der Hand lief ich langsam hinter ihm her und suchte nach einer Entschuldigung, um ihm zu zeigen, daß es unmöglich war, eine Sonderausgabe zu drucken.
Als wir in die alte Küche kamen, das letzte Zimmer des Hauses, sie ging auf den Hof hinaus, stieß ich meinen Begleiter zurück und schrie:
»Es ist einfach blödsinnig, weiterzulaufen. Wir haben keine Druckerei, und dieses Papier ist eine unerträgliche Mystifikation!«
»Die Verse über Marina kommen aus den Maschinen«, antwortete er und drängte mich beiseite.
Meine Widerstandskraft hatte sich erschöpft. Wortlos begleitete ich ihn auf den Hinterhof.
»Bring die Rosen«, forderte er mich auf, als wir in der Nähe eines Mango-Baumes standen.
Da mir der Mut fehlte zu einer Entgegnung, die an mir nagte, ging ich sie holen und gab sie ihm. Ich war erledigt. Nicht einmal die Blumen, die sonst nie gepflückt worden waren und sich mit der Zeit entblätterten, entgingen der

Gewalttätigkeit des Unbekannten. Und ich Schwächling lieferte mich seinen Launen aus.
Er entblätterte sie langsam, ganz in diese Beschäftigung vertieft. Er zerriß die Blütenblätter in zwei Hälften und legte sie auf den Boden. Dabei sprach er, es gelang mir aber nicht zu entziffern, was er sagte. Leise schloß er:
»Die ersten Gesänge sind aus entblätterten Rosen gemacht. Sie erinnern an das Paradies vor dem Sündenfall.«
»Und die letzten?« fragte ich besorgt.
»Gibt es nicht«, antwortete er und fuhr fort, die Blütenblätter auszubreiten.
Es mußte sie aber doch geben, dachte ich gequält. Ungeachtet meiner Besorgnis setzte der Dichter seine Tätigkeit fort. Nach einiger Zeit murmelte er:
»Jetzt fehlt nur noch die Sonnenblume.«
Ich erkannte, daß jetzt der Augenblick gekommen war und ich mich mit aller Deutlichkeit zur Wehr setzen mußte. (Erst waren es die Rosen, die vorher noch nie jemand berührt hatte. Jetzt die Sonnenblumen, die es nicht gab, die man auch nicht entblättern konnte!) Ich warf mich auf ihn, entschlossen, ihm die Knochen zu brechen. Ohne zurückzuweichen, hob er die kurzen, mageren Arme: da läuteten die Glocken, feierlich und bedächtig.
Die Kapuziner kamen. Sie sprangen behend über die Mauer und spielten tonlose Trompeten. (Über zehn Mauern waren sie gesprungen und weitere zehn müßten sie noch überspringen.) Kurz dahinter kam das Lilienorchester, die Hornbläser trugen rote Uniformen. Sie spielten ihre Instrumente, ohne Musik zu machen. Sie bliesen nur. Die Nacht füllten sie mit schrillen, abgerissenen, wilden Tönen.

Dann kam der Chor der Männer mit den verwelkten Gesichtern. Seine Mitglieder verzogen den Mund, als wollten sie singen, brachten aber keinen Ton hervor. Einer von ihnen, als Küster verkleidet, trug die Uhr aus der Kapuzinerkapelle.

Ich kam gar nicht dazu, mich darüber zu freuen, als ich feststellte, daß es die Uhr wirklich gab, denn auf einem Tragegerüst, das mit Seidenpapier verkleidet war, erschien Marina, die Unantastbare, begleitet von sommersprossigen Patres und schwangeren Frauen. Sie trug ein Kleid aus zerknittertem Atlas, der Saum war mit Schlamm beschmutzt. Auf dem Kopf trug sie einen Filzhut, der ziemlich abgenutzt war, mit einer Hühnerfeder als Schmuck.

Ihre Lippen waren übertrieben geschminkt, sie hatte mit Kohle gemalte Schatten unter den Augen. In der rechten Hand hielt sie eine Sonnenblume und sah mich zärtlich an. Durch das zerrissene Kleid sah ich ihre weißen Schenkel. Für einen Augenblick wanderte mein Blick zögernd zwischen ihren Augen und ihren Beinen hin und her.

Aber die Engel aus Metall beeinträchtigten meine Sicht, während die Figuren begannen, abwechselnd größer und kleiner zu werden. Sie zogen schnell vorbei und sprangen über die Mauern, die sich endlos hinzogen. Gleichzeitig hob und senkte sich der Boden. Ich lief verwirrt hin und her, keuchend suchte ich einmal die Augen, dann wieder die Schenkel Marinas. Die Drucker schlossen die Prozession ab. Buchstaben umschwirrten die Arbeiter, die mit großer Aufmerksamkeit den Text setzten. Dünn- und fettgedruckte Buchstaben. Die D ucker, die mit Hilfe von langen Holzbeinen umherliefen, füllten den Hof mit Papier.

Der Zug passierte in Sekunden. Die Mauern, die ich vorher vor mir gesehen hatte, schrumpften wieder zu einer einzigen zusammen. Ich wollte laufen, um das Tragegerüst zu erreichen, auf dem Marina stand, das Papier aber, das in der Luft herumwirbelte und auf dem Boden verstreut war, hinderte mich daran.
Als ich mich endlich freimachen konnte, fand ich mich allein auf dem Hof. Kein Ton, kein Geräusch ließ sich vernehmen. Ich wußte aber, daß das Gedicht über Marina komponiert war, unwiederbringlich komponiert. Aus zerrissenen Blütenblättern und unsinnigen Tönen.

Alfred

> Das ist das Geschlecht, das nach ihm fragt, das da sucht dein Antlitz, Gott Jakobs.
>
> *Psalm XXIV, 6*

Ich bin müde gekommen, und müde kehre ich zurück.
Unsere erste eheliche Auseinandersetzung fand statt, als das Untier drohte, ins Tal hinabzusteigen. Joaquina war, ebenso wie die meisten Dorfbewohner, besorgt über die eigenartigen Geräusche, die von den Bergen kamen.
Anfänglich versuchte sie, einen dümmlichen Aberglauben in mir zu wecken. Ich lachte über ihre Erklärung: ein Werwolf?! Das fehlte uns noch.
Als ich merkte, daß sie nicht scherzte und ungeduldig wurde angesichts meiner sarkastischen Haltung, wollte ich ihr erklären, daß es das Übernatürliche nicht gibt. Meine Argumente wurden nicht ernstgenommen: wir vertraten beide ziemlich festgelegte und hoffnungslos einander entgegengesetzte Standpunkte.
Während der folgenden Tage wurden die Seufzer des Tieres immer deutlicher. Meine Frau, empört über meine Skepsis, verwünschte mich.
Ich verhielt mich schweigsam und nachdenklich. Ich versuchte, die Herkunft der Geräusche herauszufinden. Sie enthielten eine unterdrückte Botschaft, einen Schmerz, als werde jemand von Nadeln durchbohrt.
Eine Zeitlang wartete ich, daß das Untier seinen Unterschlupf verlassen und uns begegnen würde. Da es nicht kam, machte ich mich auf die Suche nach ihm, ohne die Proteste meiner Frau zu beachten. Sie drohte, sie würde

endgültig mit mir brechen, wenn ich meine Absichten wahrmachte.

Ich hatte meinen Ausflug im Morgengrauen begonnen. Nach einer anstrengenden Wanderung fand ich nachmittags das Tier.
Ich hatte überhaupt keine Angst, ihm entgegenzutreten. Im Gegenteil, ich war gerührt von der Zärtlichkeit, die in seinen kindlichen Augen lag.
Ohne eine aggressive Bewegung hob es nur hin und wieder den kleinen, lächerlichen Kopf und seufzte. Fast fand ich seinen ungelenken Körper eines Dromedars komisch.
Nur schwach spielte ein Lächeln in mir, das aber nicht auf meine Lippen trat. Statt dessen verzog sich mein Mund vor Mitleid.
Ich näherte mich ihm sehr vorsichtig, um es nicht zu erschrecken. Es war nur noch ein geringer Abstand zwischen uns.
Ich fragte es schüchtern, was es von uns wolle und an wen seine entmutigende Botschaft gerichtet sei. Es entgegnete nichts.
Ich gab mich trotz seines Schweigens aber nicht geschlagen. Mit größerem Nachdruck fragte ich noch einmal:
»Woher bist du gekommen? Warum bist du denn nicht ins Dorf hinuntergegangen? Ich habe so auf dich gewartet!«
Ich wurde immer verlegener, je mehr ich meine unsinnigen Fragen wiederholte.
Als ich sah, daß ich vergeblich redete, verlor ich schließlich die Geduld:
»Und was machst du überhaupt hier? Wie ein Trottel stehst du da auf dem Berg.«

Es hörte auf zu seufzen und sah mich mit unverhohlener Neugier an. Dann murmelte es, ohne seinen Hut abzunehmen:
»Ich trinke Wasser.«
Mit Mühe hatte es den Satz hervorgebracht. Seine Stimme klang müde und gelangweilt. Ich erfaßte aber den Sinn seiner Botschaft.
Vor mir stand mein Bruder Alfred, der nicht mitgekommen war, als ich mich aufgemacht hatte, um woanders den Frieden zu suchen, den ich in der Ebene nicht hatte finden können.
Auch im Tal würde ich keinen finden. Deshalb war er gekommen, mich zu holen.

Nachdem ich seine krause Stirn geküßt und seinen mageren Hals umarmt hatte, schlang ich eine Schnur um ihn. Wir stiegen bergab und lenkten unsere Schritte langsam auf das Dorf zu.
Wir überquerten die Hauptstraße, ohne daß sich jemand am Fenster gezeigt hätte, als sei die Ankunft meines Bruders ein ganz gewöhnliches Ereignis. Ich verbarg meine Empörung darüber und führte ihn auf der schlecht gepflasterten Straße zu unserem Haus.
Joaquina wartete an der Pforte auf uns. Ohne auch nur ein Wort mit ihr zu wechseln, schob ich sie beiseite. Sie stellte sich jedoch wieder an ihren Platz, stieß mich an und sagte, sie sei nicht damit einverstanden, bei uns zu Hause ein solches Tier zu beherbergen.
»Blödsinn, Tier. Das ist mein Bruder Alfred. Ich lasse nicht zu, daß du ihn derartig beschimpfst.«
»Wenn du das nicht zuläßt, dann verschwindet alle beide!«
Alfred, der unserer Auseinandersetzung völlig desinter-

essiert zugehört hatte, mischte sich mit einer unangebrachten Zwischenbemerkung in unsere Unterhaltung ein:

»Sehr interessant. Diese Dame hat zwei Augen: ein grünes und ein blaues.«

Joaquina, verärgert über diese Bemerkung, versetzte ihm einen Schlag ins Gesicht. Er senkte gedemütigt den Kopf.

Ich verspürte nicht wenig Lust, meine Frau zu verprügeln, aber mein Bruder entfernte sich langsam und zog mich an der Schnur, die ich in der Hand hielt, mit sich fort.

Bei Anbruch des Abends waren wir wieder oben auf dem Berg angelangt. Dort unten wiesen kleine Lichter auf die Existenz eines Dorfes hin. Hunger und Müdigkeit überfielen mich: ich konnte dennoch nicht verhindern, daß meine Vergangenheit sich schmerzlich vor mir aufrollte. In Fetzen. Unerbittlich.

(– Joaquim Boaventura, Sohn einer Hure! – Die dicken, übergroßen Hände kamen auf meinen Hals zu. Ich ließ das Stück Hand fallen, das ich gestohlen hatte, und wartete entsetzt auf die Strafe.)

Sohn einer Hure. Wie illusorisch war doch meine Flucht aus dem Flachland gewesen. Ich hatte erwartet, das Glück auf der anderen Seite des Gebirges zu finden. Sohn einer Hure!

Alfred bat mich um eine kleine Rast. Er setzte sich auf die Hinterbeine und ließ mich seinen Kopf streicheln.

Auch er war viel und vergebens herumgelaufen. Er war jedoch auf seiner Flucht zu weit gegangen. Er hatte versucht, sich abzuschließen, um den Menschen zu entkommen, während ich im Tal ein Glück gesucht hatte, das es nicht gab.

Zu Beginn hatte Alfred gedacht, es sei eine Lösung, sich in ein Schwein zu verwandeln, da er überzeugt war, daß es unmöglich sei, mit seinesgleichen zusammenzuleben. Jeder verschlang jeden, erfüllt von Haß. Er versuchte, seine Mitmenschen zu beschwichtigen, aber sie wandten sich gegen ihn.

Nach der Verwandlung in ein Schwein war er rastlos und verbrachte die Zeit damit, den schlammigen Boden zu durchwühlen. Und obendrein mußte er noch mit seinen Gefährten kämpfen, ohne daß es dafür einen offensichtlichen Grund gegeben hätte.

Darauf stellte er sich vor, eine andere Lösung wäre z. B., sich in eine Wolke zu verwandeln. Aber was würde das lösen? Es mußte etwas lösen. Da kam ihm die Idee, sich in das Verb »lösen« zu verwandeln.

Und das Schwein wurde zum Wort. Einem kleinen Wort, nicht konjugierbar.

Das Verb lösen ist andererseits offensichtlich die Lösung der Probleme, das Mittel gegen alle Übel. In dieser Eigenschaft hatte er keine Ruhe mehr: er mußte Fälle lösen, wobei er die meisten nicht löste. Aber wenn man ihn bat, er möchte doch bei einer Familienstreitigkeit intervenieren, weigerte er sich: Nein, nur das nicht.

Und er verwandelte sich in ein Dromedar, in der Hoffnung, daß Wasser trinken für den Rest seines Lebens eine weniger anstrengende Aufgabe darstellen würde.

Bei Morgengrauen waren wir noch immer oben auf dem Berg. Ich sah zum ersten Mal zum Dorf hinunter, das unter einem dunstigen Nieselregen lag. Wieder hatte ich einen Tag in den Bergen verloren, auf der Suche nach einem Unterschlupf gegen den Ekel vor der Vergangenheit. Und wieder müßte ich durch fremde Lande pilgern. Ich würde weitere Bergketten überqueren, blau wie alle anderen. Ich würde in Täler und Ebenen kommen, das Rollen von Steinen hören, die Morgenfrische fühlen, bevor die Sonne herauskam. Und jetzt ohne die Hoffnung auf eine Unterkunft.

Alfred war gerührt von der schmerzlichen Traurigkeit in meinen Augen und strich mit seiner rauhen Zunge leicht über mein Gesicht. Ich erhob mich und zog ihn an der Schnur langsam hinter mir her den Berg hinunter.

Ja, ich war müde gekommen und müde kehre ich zurück.

Elisa

Ich liebe, die mich lieben, und die mich frühe suchen, finden mich.
Sprüche VIII, 17

Eines Nachmittags – wir erlebten die ersten Apriltage – kam sie zu uns. Sie stieß die kleine Pforte, die den Zugang zum Garten versperrte, mit einer Selbstverständlichkeit auf, als folgte sie einer alten Gewohnheit. Von der Veranda aus, wo ich mich gerade aufhielt, entschlüpfte mir eine überflüssige Bemerkung:
»Und wenn wir nun einen Hund hätten?«
»Ich habe keine Angst vor Hunden«, entgegnete sie verstimmt.
Mit einiger Schwierigkeit (der Koffer, den sie trug, mußte schwer sein) stieg sie die Treppe hinauf. Bevor sie durch die Haustür ging, drehte sie sich um:
»Und vor Männern genausowenig.«
Überrascht, weil ich sah, daß sie meine Gedanken erraten hatte, beeilte ich mich, die immer peinlicher werdende Situation zu überspielen:
»Heute ist schlechtes Wetter. Wenn es so bleibt . . .«
Nach einigen Banalitäten, die mir gerade einfielen, hielt ich inne. Verlegen versuchte ich, ihrem vorwurfsvollen Blick auszuweichen.
Sie lächelte ein wenig, während ich vor Nervosität mit meinen Händen spielte.

Die Unbekannte paßte sich unserer Lebensweise bald an. Sie ging selten weg und zeigte sich nie am Fenster.
Vielleicht hatte ich im ersten Augenblick ihre Schönheit

nicht bemerkt. Sie war schön, mit ihrem angedeuteten Lächeln, selbst als der Zauber gebrochen war. Sie war groß und hatte helle Haut, von einem blassen, fast durchsichtigen Weiß. Daß sie so dünn war, ließ auf tiefe Erschöpfung schließen. Ihre Augen waren braun, aber ich möchte lieber nicht von ihnen sprechen. Sie haben mich nie mehr losgelassen.

Sie fing bald an, zuzunehmen und Farbe zu gewinnen. In ihrem Gesicht zeichnete sich eine stille Freude ab.

Sie sagte uns nicht ihren Namen, woher sie kam und welches Ereignis ihr Leben erschüttert hatte. Wir achteten jedoch ihr Geheimnis. Für uns war sie einfach sie. Jemand, der unsere Fürsorge und Zuneigung brauchte.

Ich akzeptierte ihr anhaltendes Schweigen und auch ihre wiederholten Fragen. Eines Abends überraschte sie mich mit einer Frage:

»Haben Sie schon einmal geliebt?«

Da meine Antwort negativ ausfiel, ließ sie ihre Enttäuschung durchblicken. Wenig später verließ sie das Wohnzimmer, ohne ihrer Frage noch etwas hinzuzufügen. Am nächsten Morgen stellten wir fest, daß ihr Zimmer leer war.

Gegen Abend setzte ich mich nun immer auf die Veranda und hoffte, sie würde jeden Augenblick um die Ecke kommen. Meine Schwester Cordelia hielt mir vor:

»Es ist sinnlos, sie wird nicht wiederkommen. Wenn du weniger verliebt wärest, hättest du nicht so viel Hoffnung.«

Ein Jahr nach ihrer Flucht – es war wieder April – sah ich sie an der Pforte stehen. Ihr Gesichtsausdruck war noch

trauriger, die Schatten unter ihren Augen noch tiefer. Ich war sehr froh, über mein Gesicht lief eine Träne. Ich bemühte mich, ihr einen herzlichen Empfang zu bereiten und sagte:
»Vorsicht, wir haben jetzt eine junge Hündin.«
»Aber das Herrchen ist noch immer zahm, nicht wahr? Oder ist er in meiner Abwesenheit etwa wild geworden?«
Ich streckte ihr meine Hände entgegen. Sie hielt sie einige Zeit fest. Und, ohne mein Verlangen zurückhalten zu können, fragte ich:
»Wo warst du? Was hast du die ganze Zeit gemacht?«
»Ich habe mich herumgetrieben und nichts getan. Vielleicht habe ich ein bißchen geliebt«, schloß sie und schüttelte traurig den Kopf.

Ihr Leben bei uns verlief wieder im gleichen Rhythmus wie damals. Aber ich war unruhig. Cordelia sah mich besorgt an und gab mir zu verstehen, ich solle nicht länger meine Leidenschaft verheimlichen.
Es fehlte mir aber an Mut, und ich schob meine Liebeserklärung immer wieder hinaus.
Elisa – ja, sie hatte uns ihren Namen genannt – verließ uns Monate später wieder.
Und da ich nun ihren Namen erfahren hatte, schlug ich meiner Schwester vor, wir sollten umziehen. Obwohl Cordelia sehr an unserem Haus hing, hatte sie nichts dagegen. Sie fragte mich nur:
»Und Elisa? Wie wird sie uns finden, wenn sie zurückkommt?«
Mit Mühe hielt ich meine Angst zurück und wiederholte ganz betreten:
»Ja, wie eigentlich?«

Mariazinha

Dein Silber ist Schaum geworden und dein Getränk mit Wasser vermischt.

Jesaja I, 22

1943

»Josefino Maria Albuquerque Pereira da Silva!« Die Stimme klang pathetisch, schleppend und schwermütig. Die Wörter beschrieben Kreise in der Luft und fielen wie Öltropfen in mein Ohr. Sie drangen zögernd ein und ließen Silva draußen. Der letzte Name hatte keinen Platz mehr darin. Und das Öl wog schwer.

In meinem Kopf ging es wirr zu, die Namen wiegten sich träge und drängten sich zusammen, um einen Platz für Silva freizumachen, der noch am Eingang wartete.

Ich hob den Kopf und richtete die glasigen Augen nach vorn und zur Seite. Der Raum um mich her tanzte und drehte sich, bis es mir schließlich gelang, das fade Gesicht von Pater Delfim zu unterscheiden. Er saß auf dem Bettrand und starrte auf meine Stirn. Ich bewegte mehrere Male die Lippen, um ihn zu bitten, er möge gehen und mich in Ruhe lassen. Die Bewegungen verloren sich in der Leere. Niemand hörte meine Bitte.

Dann folgten lateinische Sätze.

Auch mein Bruder war im Zimmer. Bekümmert versteckte er Mariazinhas Gesicht in seinen Händen. (Mir war schlecht geworden von der Zigarette, der Alkohol hatte mich entkräftet, aber ich hatte den Knall nicht gehört. Ich hatte entschlossen den Revolver in die Hand genommen, auf einen schwarzen Punkt gezielt, der aus

meinen Augen sprang und in der Luft die Bewegung der Pupillen beschrieb. Die Glocken hatten geläutet.)
Sicher versperrte die Kugel Silva den Eingang.
Der Klöppel der größeren Glocke schlug gegen die anderen: einige waren aus Bronze, andere aus Blech und Zink. Die Musik ertönte schrill und quälend – sie beweinte die Toten und die fast Toten.

1923
Mai – Monat des Unglücks. Ich lernte Mariazinha kennen und erfuhr ihre Geschichte – ein paar Sprünge, ein Ausstrecken. Die vergangenen Jahre hatten darin ihren Platz gefunden, die Haare kamen mir wieder, und Mariazinha erhielt ihre Jungfräulichkeit zurück.
Für die Einwohner von Manacá begann alles wieder von vorn. Es gab Proteste, weil viele sich nicht damit abfinden wollten, daß sie ihre Kinder verloren, die wieder in den Bauch ihrer Mütter aufgenommen wurden, oder daß die Straßen nicht asphaltiert waren. Aber der übermäßige Staub auf den öffentlichen Verkehrswegen konnte die Freude anderer nicht beeinträchtigen, die in einer plötzlichen Veränderung ihres Standes wieder Junggesellen geworden waren. (Sie schworen, nie wieder zu heiraten.)

Pater Delfim wurde zum Bischof ernannt. Jetzt mußten die Glocken froh klingen und die Verstorbenen vergessen werden. Die Trauer aber erstickte und veränderte die Töne. Der Glöckner wurde entlassen.
Dom Delfim behielt die Ruhe und setzte ein unbewegliches Gesicht auf. Er befahl, die Glockenspiele und die Blechinstrumente zu holen und verbot den Menschen, traurig zu sein oder sich über die staubigen Straßen zu beklagen.

Mariazinha würde heiraten, ihr Verführer würde auf dem Kirchturm erhängt werden.
Die Glocken ertönten einstimmig, läuteten fröhlich und Dom Delfim wurde scharlachrot, seine Melancholie verflog.
Er befahl, die Glockenspiele und die Blechinstrumente wegzuschaffen.
Zaragota protestierte:
»Erhängt werden, nein!« Wenn sie ihn getötet hätten, als er Mariazinha verführt hatte, gut. Aber jetzt? Nein. Man habe die Zeit zwanzig Jahre zurückgestellt. Er sei mit keiner Frau mehr verlobt und gehöre auch nicht zur Gemeinde des hochwürdigen Bischofs.
Dom Delfin kratzte sich am Kinn, angetan von der Bezeichnung seiner Person und von dem Parfüm, das seinem weißen Spitzentaschentuch entströmte.
Er machte sich lediglich Sorgen über die Festlichkeiten anläßlich seiner Erhebung zum Bischof und fürchtete, ein unvorhergesehenes Ereignis könnte den Ehrenbezeigungen, die man ihm zugedacht hatte, die Wirkung nehmen. Andererseits mußte er auch dem Volk etwas mehr Freude gönnen. Er blieb unnachgiebig. Hochwürdig zu sein war ein Recht, das niemand ihm verweigern konnte. Er hob hochmütig entschlossen den Kopf und befahl:
»Josefino Maria Albuquerque Pereira da Silva, häng den Mann auf!«
Danach bat er mich, seinem Blick einen gütigen Ausdruck verleihend, mit (kirchlicher) Demut: »Läute die Glocken und heirate Mariazinha.«

Da niemand etwas entgegnete, wurde Zaragota, der Dummkopf, erhängt, und die Vorbereitungen zu meiner Hochzeit begannen.

Zuerst dachte man an das Brautkleid. Es konnte nicht lang sein, mit Schleppe, darüber waren wir uns alle klar, ohne daß jemand es gewagt hätte, einen Grund dafür anzugeben: Dom Delfim drohte nie zweimal etwas an. (Daher unterließ man jede Anspielung auf die staubigen Straßen.)

Mariazinha, unruhig und aufgeregt mit ihren fünfzehn Jahren, ließ alles mit sich geschehen. Sie faßte mich an der Hand und zwang mich, sie auf langen Spaziergängen zu begleiten. Wir ließen dann das Dorf hinter uns, rannten über Landstraßen, streiften durch die Wälder und kletterten auf Berge. Unterwegs überschüttete sie mich mit Blumen und Küssen. Unterdessen schmückte sich ganz Manacá. Triumphbögen und Fähnchen aus Seidenpapier wurden auf den Straßen angebracht. Die Glocken läuteten. Dom Delfim, den Kopf durch einen übergroßen Lederhut geschützt, fuhr eilig in seiner Kalesche umher und inspizierte alles.

Am Tag der Hochzeit erwachte die Stadt voller Erwartung. (Zaragota baumelte von der Kirchturmspitze.)

Das Volk hatte sich gleich in den frühen Morgenstunden auf dem Kirchplatz versammelt. José Alfinete [Josef Stecknadel] führte den Mob an. Seit mehr als einer Stunde ergoß er eine glühende Rede über seine Landsleute. Er hatte schon die chaotische Lage der Nation analysiert und die Krise der Landwirtschaft, ohne dabei zu vergessen, schlecht vom Apotheker, seinem politischen Feind, zu sprechen.

Außer dem Redner, der die Einwohner von Manacá zusammengerufen hatte, um ihnen eine schreckliche Neuigkeit mitzuteilen, kannte niemand den Grund der Versammlung. Zwei Stunden nach Beginn seiner Rede

eröffnete Alfinete, daß Mariazinha schon wieder verführt worden und der Verführer geflohen sei.
Das Volk, empört über das soeben Gehörte, folgte mir auf dem Fuß, entschlossen, mich öffentlich zu hängen.

Als meine Verfolger mich fanden, war es eigentlich schon zu spät für ihr Vorhaben, mich hinzurichten. Ich hatte schon auf den schwarzen Punkt geschossen, der in der Luft die Bewegung meiner Pupillen beschrieb, und lag mit dem Gesicht auf der Erde.
Am Abend zuvor war ich, entgegen der Nachricht, die man heimtückisch verbreitet hatte, von Mariazinha verführt worden.
Als ich ins Dorf zurückkehrte, bestand kein Zweifel mehr, daß meine Braut ein Luder war. Zaragota hatte überhaupt keine Schuld gehabt.
Nachts konnte ich nicht einschlafen. Da ich nicht zufrieden war mit dem Vorgefallenen, beschloß ich, nicht zu heiraten. Ich verließ das Haus und kehrte unterwegs in jede Kneipe ein. Ich wollte mich in Alkohol ertränken.
Etwas später ging ich noch einmal den Weg, den ich zuvor bei Anbruch der Dunkelheit eingeschlagen hatte.
Ich hielt an derselben Stelle, an der ich mich mit Mariazinha hingelegt hatte. Die Sterne versanken in meinen Augen. Der schwarze Punkt hob sich im Mondschein deutlich ab. Ich zog sanft den Hahn der Waffe.
Wieder klangen die Glocken von Manacá traurig. Dom Delfim sah sich um die bischöflichen Ehren betrogen.

1943
»Josefino Maria Albuquerque Pereira da Silva!«
Die Stimme klang pathetisch, schleppend und schwermütig. Pater Delfim rief mich vergebens.

Die Straßen der Stadt zeigten ihren ursprünglichen Belag, und die Kinder ihrer Bewohner begannen – ohne daß es eines Eingreifens der Hebammen bedurft hätte – sich aus den Bäuchen ihrer Mütter zu lösen. Manacá war wieder zur Bezirkshauptstadt erhoben worden und die Männer, die geschworen hatten, nie wieder zu heiraten, hatten es vergebens geschworen.
Zu meinem Begräbnis würde Zaragota, der treue Freund, erscheinen. Er erholte sich noch von dem Erhängen, das er erlitten hatte.
Er kam nicht. Pater Delfim hielt ihn für schuldig an seiner Entlassung und, um sich selbst zu trösten, ordnete er an, man solle Zaragota an derselben Stelle wie das vorige Mal aufhängen.
Die Glocken hatten geläutet, traurig und verstimmt. Der Glöckner war wieder eingestellt worden.
Mondschein überflutete einige Nächte lang die staublosen Straßen der Stadt, und der Monat Mai ging langsam seinem Ende entgegen.

Die Braut aus dem Blauen Haus

> Der Feigenbaum hat Knoten gewonnen, die Weinstöcke haben Blüten gewonnen und geben ihren Geruch. Stehe auf, meine Freundin, und komm, meine Schöne, komm her!
>
> *Hohelied II, 13*

Nicht etwa wegen irgendwelcher Zweifel, sondern aus schierem Zorn begab ich mich am nämlichen Tag nach Juparassu, wohin, einem Brief zufolge, den ich erhalten hatte, auch meine Freundin gereist sein mußte.

Ja, Zorn. Ein unbezähmbarer Zorn, der sich bei der kleinsten Bewegung der Mitreisenden Luft machte. Durch meinen Zorn wurde ich so grob, daß die Reisenden auf der Bank neben mir sich belästigt fühlten und nicht wußten, ob sie es mit einem Neurastheniker oder einem Schwachsinnigen zu tun hatten.

Dalila war an allem schuld. Warum mußte sie mir schreiben, daß sie am Abend, bevor sie Rio verließ, einige Male mit ihrem Ex-Verlobten getanzt hatte? Wenn er zufällig auf dem Fest erschienen war, und wenn sie einfach aus Höflichkeit ihn nicht abgewiesen hatte, gut. Aber warum mußte sie es dann erwähnen!

Ich halte mich nicht für eifersüchtig, aber jener Brief reizte mich bis aufs äußerste und zwang mich, ständig mit den Zähnen zu knirschen oder zu fluchen.

Ich beruhigte mich etwas, als ich an der plötzlich veränderten Landschaft feststellte, daß in einer halben Stunde die Reise zu Ende sein und oben auf den Bergen Juparassu auftauchen würde mit dem kleinen, gelben Bahnhof. Die Landhäuser würden erst viel später kommen, nachdem ich schon ausgestiegen und etwa zwei Kilometer auf dem Pferd zurückgelegt hätte. Das erste wäre seines, mit den weiß gekalkten Wänden und den ovalen Fenstern.

Ich überließ mich der Zärtlichkeit, die mich einhüllte und der Phantasie, die lange vor meinen Augen jene Stellen fand, die den besten Teil meiner Jugend bedeuteten.

Ohne daß ich es merkte, war all der Groll gegen Dalila, den ich während der Reise gehegt hatte, verflogen. Ich war nicht einmal mehr ungeduldig, endlich anzukommen. Ich vergaß alle meine Bedenken und wartete auf den Augenblick, in dem ich meine Freundin in die Arme nehmen könnte. Ich schloß die Augen, um das Verlangen, sie zu küssen und zu umarmen, voll auszukosten. Ich würde nichts von meinem Verdacht sagen, nichts von meinem Zorn. Ich würde nur sagen:

»Ich komme, um dich zu überraschen: wir wollen uns verloben.«

Der Zugführer riß mich unsanft aus meiner Träumerei.

»Wollen Sie wirklich in Juparassu aussteigen?«

»Natürlich, wo sollte ich denn sonst aussteigen?«

»Es ist sehr merkwürdig, daß jemand diesen Ort aufsucht.«

Da ich nicht wußte, was ich von dem impertinenten, seltsamen Benehmen des Bahnangestellten halten sollte, murmelte ich ein Schimpfwort. Das verwirrte ihn so, daß er sich für seine unwillkürliche Neugier entschuldigte.

Juparassu! Juparassu tauchte jetzt vor meinen Augen auf, oben auf den Bergen. Noch fünfzehn Minuten und ich würde auf dem Bahnsteig des Bahnhofs sein, wo ich auf ein Gefährt nach Hause warten würde. Dort würde ich nur mein Gepäck abladen und sofort weggehen, um Dalila zu treffen.

Ja, um Dalila zu treffen. Eine Dalila, die als Mädchen Sommersprossen im Gesicht hatte und ein streitsüchtiges, hitzköpfiges Mädchen gewesen war. Ich konnte sie nicht ausstehen, und unsere Eltern haßten sich. Und damit der Haß der beiden Nachbarn noch größer wurde, kamen Fragen der Grundstücksgrenzen und kleinere Vorfälle mit Tieren, die durch die Zäune brachen, hinzu.

Aber im vergangenen Sommer, als mein Vater starb, kamen die Bewohner des blauen Hauses und die Engländer der beiden anderen Landhäuser und übermittelten mir ihr Beileid. Ich war doppelt überrascht: Dalila hatte keine Sommersprossen mehr und ihre Eltern waren, entgegen meiner Annahme, sehr sympathisch.

Wir statteten uns gegenseitig Besuche ab, und eines Abends küßte ich Dalila.

Noch nie war mir Juparassu so schön erschienen, und noch nie waren seine Berge so blau gewesen.

Gleich, nachdem ich auf dem kleinen Bahnhof ausgestiegen war, nahm der Angestellte beflissen meine Koffer.

»Sie sind der Ingenieur, der beauftragt ist, über den Wiederaufbau der Strecke zu entscheiden, nicht wahr? Warum haben Sie nicht vorher Bescheid gegeben? Wir hätten unser bestes Zimmer bereitgestellt.«

»Nun, mein Freund, ich bin weder Ingenieur, noch beabsichtige ich, irgendeine Arbeit auszuführen.«

»Ja, was suchen Sie denn dann hier?«

Ich verkniff mir eine unhöfliche Antwort, die eine so unverschämte Frage verdient hätte, denn ich merkte, daß das Erstaunen des Bahnangestellten wirklich ehrlich war.

»Ich will die Ferien in meinem Landhaus verbringen.«

»Ich wüßte nicht, wie.«
»Ja, ist es denn so unvorstellbar, wenn jemand den Sommer in Juparassu verbringt? Oder laufen hier vielleicht fürchterliche Banditen herum?«
»Banditen gibt es hier nicht, dafür sind aber die Landhäuser alle verfallen.«
Ich zögerte einen Augenblick. Sprach ich vielleicht mit einem Verrückten oder war ich zum Opfer eines Scherzes ausgewählt worden? Der Mann sprach jedoch ganz ernst, er schien völlig normal zu sein. Ich hielt es für besser, nicht weiter über die Sache zu sprechen:
»Wer würde mir denn ein Pferd vermieten, damit ich etwas in der Nachbarschaft herumreiten kann?«
Die Antwort verwirrte mich: es gab keine Pferde am Ort. Und wozu auch Pferde, wenn es nichts Interessantes zu sehen gab.
Ich versuchte, meinen Gesprächspartner zu beruhigen, denn ich ahnte, daß er mich für verrückt hielt. Ich belog ihn und sagte, ich sei seit vielen Jahren nicht mehr in der Gegend gewesen. Mein Ziel sei lediglich, Plätze zu sehen, wo ich vor langer Zeit einmal gewesen sei.
Der Angestellte atmete auf.
»Sie haben mich ganz schön erschreckt. Ich dachte, ich hätte es mit einem Paranoiker zu tun.« Und liebenswürdig erbot er sich, mich auf meinem Spaziergang zu begleiten. Ich lehnte sein Angebot ab. Ich brauchte die Einsamkeit, um mich von dem Schlag solch verwirrender Nachrichten zu erholen.

Ich war nicht mehr als zwanzig Minuten gelaufen, als ich bestürzt feststellte: von meinem Haus waren nur die verfallenen Wände übrig, die Hälfte des Daches war eingesunken. Überall wucherte Unkraut.

Obwohl alles mit äußerster Klarheit vor mir lag und eine Wirklichkeit wiedergab, der ich mich unmöglich entziehen konnte, widersetzte ich mich, sie zu akzeptieren. Ich lief auf dem Grundstück herum und fand auf dem hinteren Teil einen Landarbeiter, der ein kleines Maisfeld besorgte. Ich näherte mich ihm und fragte, ob er schon lange dort wohne.

»Seit meiner Kindheit«, antwortete er und hob den Kopf.

»Sie kannten dieses Haus doch sicher, bevor es zusammenfiel. Was ist denn geschehen? War es ein Erdstoß?« drängte ich, in Erwartung eines rettendes Wortes, das den Alptraum zunichte machen würde.

»Nichts dergleichen ist geschehen. Ich kenne die ganze Geschichte, mein Vater hat sie mir erzählt.«

Darauf berichtete er, daß der Verfall der Gegend mit einer Gelbfieberepidemie angefangen habe, die sich über einige Jahre hingezogen habe. Deshalb interessierte sich niemand mehr für den Ort. Die Bewohner aus den Landhäusern, die noch überlebt hatten, kehrten weder zurück, noch konnten sie ihre Grundstücke verkaufen. Er fügte noch hinzu, daß der Sohn jenes Hauses mit angegriffener Gesundheit nach Minas gebracht worden sei und er nicht wisse, ob der Junge die Krankheit überstanden habe.

»Und Dalila?« fragte ich beklommen.

Er sagte, er kenne niemand mit diesem Namen. Ich mußte ihm erklären, daß es sich um das Mädchen aus dem Blauen Haus handelte.

»Ah! Die Verlobte des jungen Mannes aus diesem Haus?«

»Sie war nicht meine Verlobte, nur meine Freundin.«

»Nein? Ja dann . . .« er ließ den Satz unbeendet: »Sind Sie der junge Mann, der hier gewohnt hat?«

Um weiteren Fragen aus dem Weg zu gehen, zog ich es vor, zu verneinen und wiederholte meine letzte Frage:
»Und Dalila?«
»Die ist gestorben.«
Ich erstarrte, als ich die schwache Hoffnung, die ich noch gehegt hatte, schwinden sah. Ohne mich zu verabschieden, ging ich weiter. Nur verschwommen nahm ich die Vegetation am Rand des schmalen, freigeschlagenen Weges wahr, als ich stolpernd einen kleinen Hügel hinaufstieg. Von der Anhöhe aus konnte ich die Ruinen des Blauen Hauses erkennen. Ich erblickte sie ohne Erstaunen, ohne Rührung. Ich konnte nichts mehr empfinden. Meine Schritte wurden wieder entschlossener. Dort aus der Ruine würde ich meine Geliebte herausholen.

Farblos und schweigsam steht das Blaue Haus vor mir. Ich laufe durch die Trümmer. Die kleine Backsteintreppe ist halb zerstört. Hier haben wir uns geküßt. Auf der Veranda haben wir uns geküßt, sie war voller Kletterpflanzen, und Schaukelstühle standen da, auf denen wir viele Stunden verbracht haben. Hinter der zerlöcherten Veranda lag der Flur. Dalila stand ganz deutlich vor meinen Augen. Mit Mühe gehe ich die verfaulten Stufen der Holztreppe hinauf. Ich komme in ihr Zimmer: Spinnweben. Leer, leer, mein Gott! Ich rufe: »Dalila, Dalila!« Nichts. Ich laufe in die anderen Zimmer. Alle leer. Nur Spinnweben, die Fenster fallen heraus, der Fußboden verfault.
Ich gehe hinunter. Ich rufe wieder: »Dalila! Dalila!« Ich rufe verzweifelt: »Dalila, meine Geliebte.« Schweigen, ein grausames Schweigen antwortet meinem Rufen. Ich gehe in ihr Zimmer zurück: es kommt mir vor, als sei

Dalila dort und ich sähe sie nicht. Ihr kleiner Körper, ihre sanften Augen, ihr goldenes Haar. Sie umarmt mich, und ich fühle ihre Arme nicht.
Die Nacht scheint schon durch das eingesunkene Dach. Ich rufe wieder: »Dalila, Dalila, meine Liebe! Mach meiner Qual ein Ende.« Wie von Sinnen laufe ich davon.

Nachwort

»In gewisser Weise«, schrieb eine Kritikerin, »hat Murilo seiner Zeit voraus geschrieben und versteckt publiziert.« Ein Jahr, nachdem Guimarães Rosa sein erstes Buch, die Erzählungen *Sagarana*, veröffentlicht hatte, debütierte Murilo Rubião in demselben Verlag mit den Geschichten *Der Ex-Zauberer*. Rubião, der wie Rosa aus Minas Gerais stammt, sollte jedoch erst viel später einem breiteren Publikum bekannt werden.

Der 1916 geborene Autor hatte schon während seines Jura-Studiums an der Zeitung »Folha de Minas« als Redakteur angefangen, hinzu kam die Mitarbeit an der Zeitschrift »Belo Horizonte« und die Leitung einer Rundfunkstation. Später bekleidete er öffentliche Ämter in der Landesregierung, gehörte zum Kabinett von Juscelino Kubitschek, war einige Jahre im diplomatischen Dienst in Spanien tätig und gründete nach seiner Rückkehr eine der wichtigsten Literaturbeilagen Brasiliens in der Zeitung »Minas Gerais«. Wie für fast alle seine Kollegen in Lateinamerika ist das Metier des Schriftstellers ohne ein festes Arbeitsverhältnis – sei es im diplomatischen Dienst oder sonst einem öffentlichen Amt – nicht denkbar.

Nach der Veröffentlichung des *Ex-Zauberers* folgen weitere Erzählungen. Erst zwanzig Jahre später, nachdem die Geschichten lange vergriffen waren, erscheinen sie in kleinen Bänden wieder im Buchhandel. Jetzt hat Murilos Titel *Der Feuerwerker Zacharias* großen Erfolg und erzielte in kurzer Zeit vier Auflagen.

Nicht nur in Brasilien wird die Kurzgeschichte als die unserer in Fragmente zerfallenden Welt adäquateste Literaturform empfunden. Sei es die psychologische Erzählung einer Lygia Fagundes Teles, der regionalistische Aspekt bei Guimarães Rosa, der dokumentarische Charakter bei Dalton Trevisan oder João António, die impressionistische Darstellungsweise einer Clarice Lispector und Nélida Piñón oder die Nähe zur »science fiction« bei Fausto Cunha – sie alle spiegeln, wie kein anderes Genre in der modernen brasilianischen Literatur, in Thematik und Darstellungsweise ein breites Spektrum wider.

Eine kleine Gruppe unter den zahlreichen brasilianischen Autoren von Kurzgeschichten (viele von ihnen schreiben ausschließlich Kurzgeschichten) führt den Leser in die Welt des Phantastischen. Zu ihnen gehört Murilo Rubião. Sein Werk ist klein. Es umfaßt einige Dutzend Kurzgeschichten. Die in diesem Band zusammengestellten Erzählungen wurden bereits vor mehr als zwanzig Jahren geschrieben.

Zunächst befinden wir uns in einer durchaus vertrauten Welt, die in einer sachlichen Sprache beschrieben wird: Jemand begibt sich auf eine Reise *(Die Braut aus dem Blauen Haus, Die Stadt)*, es findet eine Begegnung statt *(Elisa, Teleco, Die Falle, Die gläserne Blume)* oder ein Hochhaus wird errichtet *(Das Gebäude)*. In vielen Geschichten enthält der erste Satz bereits einen Hinweis, der aufmerken läßt. Etwas Sinnwidriges tritt ein, es widersetzt sich dem unmittelbaren Verständnis. Wir suchen uns davon zu distanzieren, schieben es von uns. Da kann ein Hase sprechen und sich verwandeln; ein Zauberer entdeckt seine Existenz vor einem Spiegel; ein Feuerwerker wird überfahren, spricht und bewegt sich jedoch wie ein Lebender; Drachen ziehen in eine Stadt ein; ein Gebäude wächst mit Hunderten von Stockwerken ins Endlose. Was uns anfangs befremdet, nimmt uns schließlich gefangen. Es wird mit zwingender Logik entwickelt. Die Geschichte ist in sich schlüssig.

Der hintergründige Sinn jener phantastischen Ereignisse eröffnet sich uns als Rubiãos Versuch, der Absurdität der menschlichen Existenz beizukommen. Das Absurde ist ihm zugleich Mittel, kritisch menschliche Beziehungen und gesellschaftliche Konventionen aufzuzeigen.

Die jeweiligen Erzähler – in den meisten hier vorliegenden Geschichten spricht einer der Betroffenen selbst – erläutern die Geschehnisse nicht, sondern berichten nur. Das Absurde wird nicht erklärt, sondern unmittelbar sichtbar gemacht in Verwandlungen und grotesken Deformationen, in verschobenen Zeitebenen und der Wiederholung von Handlungen und Situationen, aus denen es kein Entrinnen gibt.

Der Mann, der sich eines Tages in der Taverne Minhota – ohne Geburt, ohne Vergangenheit – vor dem Spiegel entdeckt, begeistert von jener Stunde an ein dankbares Publikum mit seinen Zauberkünsten. Während kleine Kinder ihm entzückt zujubeln, nimmt er kühl ihren Beifall entgegen.

Mit wachsender Popularität entgleitet ihm die Kontrolle über seine Fähigkeit zu zaubern. Da er nicht mehr Herr seiner eigenen Kunst ist, versucht er verzweifelt, sich das Leben zu nehmen. Die Löwen, die ihn verschlingen sollen, sitzen kauernd in der Ecke; die Pistole an der Schläfe wird zum Bleistift.

Alle seine Versuche, seinem Leben ein Ende zu machen, scheitern. »Ich, der ich andere Wesen erschaffen konnte, fand weder Mittel noch Wege, mich von meiner eigenen Existenz zu befreien.« Er ist dazu verurteilt weiterzuleben. Nun erst wird die Bedeutung des einleitenden Satzes klar: Beamter sein heißt langsamen Selbstmord begehen.

Als Zauberer auf der Bühne, entfernt von den Menschen, hatte er sich nicht mit ihnen auseinandersetzen müssen. Jetzt aber, als er unter ihnen ist, ekeln sie ihn an. Er leidet unter der Eintönigkeit des Alltags, quält sich in unerwiderter Liebe zu einer Kollegin und muß, als er seinen Posten mit einem Trick verteidigen will, feststellen, daß die Bürokratie seine Kunst zunichtegemacht hat. Er hat den Reichtum, mit dem er begabt war, verspielt und ist zu elendem Leben unter seinesgleichen verdammt. Jetzt, als es zu spät ist, bereut er, »nicht eine ganze magische Welt erschaffen zu haben«. Könnte er die Nacht mit Feuerwerk erleuchten, könnte er seinen Lippen einen Regenbogen entgleiten lassen, der die Erde überwölbte.

»Ohne Farbe hatte ich nie leben wollen«, bekennt der Feuerwerker Zacharias, der nun, nach dem Tod, mit größerer Intensität sieht und erlebt als die Lebenden. Die gesteigerte Erlebnisfähigkeit drückt sich in Farben aus, einem »polychromen Delirium«.

Bruma und Og sehen täglich auf ihren Spaziergängen große, vielfarbige Sterne. Der Erzähler erklärt sie für verrückt. Er ist von ihren Visionen ausgeschlossen und verfehlt die Gelegenheit, mit ihnen sehen zu lernen. Nicht Og und Bruma, sondern ihn selbst erklärt der Psychiater für den Kranken. Dem Zauberer kommt die Vielfalt der Farben abhanden, während der Feuerwerker erst mit dem Tod eine Intensität erfährt, die den Lebenden nicht vergönnt ist. Auch die Vision der bunten Sterne ist ein Verweis über die Begrenztheit hinaus, in der sich die Mitmenschen bewegen.

Ein Mittel der Flucht aus dieser Enge ist die Verwandlung. Um sein Leben erträglicher zu gestalten und den Menschen zu entkommen, flüchtet Alfred sich nach mehreren Metamorphosen in die Gestalt eines Dromedars. Nur sein Bruder versteht die aus der Ferne hörbaren Anrufe des Tieres und folgt ihm auf der Suche nach dem bisher nicht gefundenen Frieden.

Spielerisch nutzt Teleco der Hase seine Verwandlungsfähigkeit. Er ärgert oder vergnügt die Nachbarschaft seines Freundes und Gastgebers, bis er eines Tages als abstoßend häßliches Känguruh behauptet, er sei ein Mensch. Seine neue Freundin bestätigt das. Sein Freund aber verweigert ihm höhnisch die Anerkennung. Vergebens verwandelt das Känguruh sich in einen Frosch, um an Teleco zu erinnern. Sein Betragen als Barbosa, der Känguruh-Mensch, ist dermaßen widerlich, daß er mit seiner Freundin des Hauses verwiesen wird. Als er nach Jahren zurückkehrt, erinnert nur noch die Verwandlungsfähigkeit an Teleco. Wie bei dem Ex-Zauberer der Taverne Minhota verkehrt sich auch hier die Kunst gegen den Betroffenen selbst. Unter Qualen erleidet er die unaufhörlichen Metamorphosen und stirbt als verwahrlostes Kind in den Armen seines Freundes. In seinem Versuch, Mensch zu werden, ist es das Äußerste, was ihm am Ende gelingt.

Der Ex-Magier beschließt sein Leben in Einsamkeit; an Telecos Anspruch, Mensch zu sein, zerbricht eine Freundschaft. Die gescheiterte Beziehung oder die Unfähigkeit, sich zu binden, durchzieht alle Geschichten Rubiãos. Elisa betritt wie selbstverständlich ein Haus, in dem sie sich einrichtet, als habe man sie erwartet. Als ihr Gastgeber ihre Frage, ob er schon einmal geliebt habe, verneint, verläßt sie das Haus. Ein Jahr darauf kehrt sie

zurück und geht ein zweites Mal. Er verliert sie wieder, weil er nicht fähig ist, ihr näherzukommen.
Bei Barbara nimmt die Ungeheuerlichkeit ihrer Wünsche konkret Gestalt an in ihrer monströsen Beleibtheit. Ohne je die Liebe und Fürsorge ihres Mannes zu erwidern, verschlingt ihr Egoismus alles Erreichbare mit unsinnigen Forderungen, die sie erfüllt sehen will. Der Ozean ist noch in eine Flasche zu füllen, ein Baum aus dem Nachbargarten muß gefällt, ein Ozeandampfer gekauft werden. Aus dem massigen Körper wird ein rachitisches Wesen geboren. Barbaras Anspruch kennt nur sich selbst. Ihre Körperfülle steht in groteskem Gegensatz zu dem winzigen, kränklichen Sohn, der ohne ihre Fürsorge fast verkümmert und nicht weiterwächst. Schließlich nimmt sie auch ohne Nahrung unaufhaltsam zu, bis sie nach einem Stern verlangt. Ihr Mann macht sich auf, ihn zu holen.
Während ihr Partner sich in diese Beziehung fügt und immer wieder ihre Wünsche erfüllt, versucht Gottfried sich seiner Frauen zu entledigen. Eines Tages entdeckt er in der angeblich Fremden, die im Restaurant ständig an seinem Tisch sitzt, seine eigene Frau. Er gewinnt die verlorengegangene Beziehung schrittweise zurück. Auf einige Wochen glücklichen Zusammenlebens folgt unvermeidlich Langeweile.
Die Eheleute verstummen voreinander. Gottfried, in dem Bedürfnis, sich von der Last dieser Bindung zu befreien, erwürgt seine Frau, nur um gleich darauf im Restaurant wieder einer Ehefrau gegenüberzusitzen. Auch sie tötet er. Und wieder überrascht ihn eine Frau, die vorgibt, zu ihm zu gehören . . . Die Wiederholbarkeit spiegelt die Ausweglosigkeit seiner Situation wider. Es gibt kein Entkommen.

Auch dort, wo ein Hindernis von außen nicht mehr vorhanden ist, gelingt es den Menschen nicht, sich aus ihrer Begrenztheit zu befreien. *Das Haus der Roten Sonnenblume* steht jahrelang unter der diktatorischen Strenge eines Adoptivvaters. Auch nach seinem Tod beherrscht die Erinnerung an die Vergangenheit, trotz anfänglicher Freude über die neu gewonnene Freiheit, die Beziehungen der jungen Leute zueinander. »Wenn der alte Simon noch lebte« wird zur drohenden Fessel. Es gelingt ihnen nicht, sich nun, da sie nicht mehr unter dem alten Zwang stehen, aus ihrer Besessenheit zu befreien.

Die Zwiespältigkeit menschlichen Verhaltens, Urteilen und Verurteilen, werden in *Don José gab es nicht* auf andere Weise in allen Facetten möglicher Mutmaßungen wiedergegeben.

Auch verschobene Zeitebenen wie in *Mariazinha* oder *Die Braut aus dem Blauen Haus* unterstreichen den Eindruck der Zweideutigkeit. »Die Drachen«, heißt es, »hatten sehr unter unseren rückständigen Bräuchen zu leiden.« Damit entlarvt der Autor im ersten Satz die Anmaßung der Bewohner des Ortes, die das Fremdartige als ihnen untergeordnet ansehen, und relativiert menschliches Urteilsvermögen.

Die den Erzählungen jeweils vorangestellten Bibelzitate muß der Leser selbst zum nachfolgenden Text in Beziehung setzen. In *Marina, die Unantastbare* greift der Dichter auf der Suche nach Inspiration zur Bibel, dem Buch der Bücher, Quelle aller Themen der menschlichen Existenz. Die Bibelzitate können auch aufeinander bezogen werden und weisen zugleich über die Geschichten hinaus auf einen größeren Zusammenhang.

Es ist oft von der Verwandtschaft dieser Kurzgeschichten

mit dem Werk Kafkas gesprochen worden. Rubião hat Kafka erst nach der Veröffentlichung seines ersten Buches, *Der Ex-Zauberer*, gelesen.

Mit der gleichen Unerbittlichkeit wird der Einbruch des Außergewöhnlichen in eine uns bekannte Welt beschrieben. Besonders zwei Erzählungen in diesem Band seien zum Abschluß erwähnt: *Die Stadt* und *Das Gebäude*.

Ein Reisender steigt vorzeitig aus, da der Zug, dessen einziger Passagier er ist, nicht weiterfährt. Achtlos übergeht er Hinweise, die ihm eine Warnung sein müßten. Sein Selbstbewußtsein wird erst erschüttert, als er verhaftet wird. Man erklärt ihn für schuldig, ohne daß er einen Grund erfährt. Er sei durch unaufgefordertes Fragen aufgefallen. Angebliche Zeugen bestätigen, er sei der Gesuchte, obwohl niemand übereinstimmend sein Äußeres beschreiben kann. »Sie sind alle gleich, einer wie der andere«, bemerkt die Prostituierte, die ihn überführen soll, listig. Der Aufbruch in eine andere Stadt endet im Ungewissen, in einer allem Anschein nach nicht verschuldeten Gefangenschaft.

Der junge Ingenieur, der mit der Leitung eines überdimensionalen Bauwerkes betraut ist, macht sich an die Aufgabe, geblendet durch das zu erwartende Ansehen, ungeachtet der Warnung, auch er werde den Bau nicht vollenden, es sei kein Platz für die Hochmütigen. Als ihm schließlich nach vielen Jahren Zweifel kommen über die Bestimmung des Gebäudes, ist kein Zuständiger mehr da, der ihm seine Fragen beantworten könnte. Er, der geglaubt hatte, über die Baustelle zu befehlen, sieht sich außerstande, den Bau aufzuhalten. Die Arbeiter sind unermüdlicher denn je tätig. Der Ingenieur kann in seiner Ohnmacht nur noch wohlklingende Reden halten, während der Bau, dessen mythische Dimensionen von Anfang an offenbar waren, ins Unendliche wächst.

Ins Unendliche weisen Rubiãos Erzählungen alle. Er verwendet die Zweideutigkeit des offenen Ausgangs bewußt als erzählerisches Mittel: »Ich versuche, meine Geschichten so weit irgend möglich als Fragmente zu konzipieren, um dem Leser die Sicherheit zu geben, daß sie sich unendlich fortsetzen werden, in unaufhaltsamer, zyklischer Wiederholung.«

Ray-Güde Mertin

Inhalt